GERHA[...]

Im Morast der Drogen

-

Ein Anfang und kein Ende

Buch
Ein Kriminalroman, der in den 2000er Jahren in der Umgebung von Bremerhaven spielt und eine Fortsetzung des Romans „Das Moor, Drogen und der Tod" ist. Kommissar Rainer Möhler hat mit seinen tüchtigen Kollegen wieder Schwerarbeit zu verrichten. Hilfestellung erhält er dabei von Mareike, die unverschuldet in die Fänge des Drogenkartells geraten ist, sich aber befreien konnte. Eine Vielzahl von Charakteren begegnet uns, reine Engel und abgrundtiefe Schurken bis zum dramatischen Ende der Geschichte.

Die Handlung ist frei erfunden. Namensgleichheiten von Orten oder Personen sind rein zufällig und nicht beabsichtigt.

Autor
Gerhard Pflanz lebt im Cuxland im Kreis seiner Familie. Nach einem anspruchsvollen und erfolgreichen Berufsleben widmet er sich jetzt im Ruhestand seiner Leidenschaft, dem Schreiben von Historischen- und Kriminalromanen. Daneben zählt für den Dipl. Ing. und Vater von drei Kindern vor allem seine Familie.

Web: http://www.pflanz-web.de
Mail: autor@pflanz-web.de

Weitere Titel von Gerhard Pflanz
Das Moor, Drogen und der Tod (ISBN: 9783758388033)
Die Mörderkate (ISBN: 9783757821616)
Aufbruch nach Britannia (ISBN: 9783756828609)
Morde und Amouren (ISBN: 9783755749943)
Yako - Der Chatte (ISBN: 9783753464435)
Saltius - Germane in Römischen Diensten
(ISBN: 9783754300756)
Geschichten für Melissa (ISBN: 9798690530075)
Kriegsende in Schlitz
Technisches Wörterbuch (deutsch/engl., engl./deutsch)

➔ **Siehe auch Seite 150.**

GERHARD PFLANZ

Im Morast der Drogen

-

Ein Anfang und kein Ende

Roman

Titelbild von Horst Richter

Bibliografische Information der Deutschen Nationalbibliothek:
Die Deutsche Nationalbibliothek verzeichnet diese Publikation in der Deutschen Nationalbibliografie; detaillierte bibliografische Daten sind im Internet über http://dnb.dnb.de abrufbar.

© 2025 Gerhard Pflanz

Titelbild: Horst Richter

Verlag: BoD · Books on Demand GmbH, In de Tarpen 42, 22848 Norderstedt, bod@bod.de
Druck: Libri Plureos GmbH, Friedensallee 273, 22763 Hamburg

1. Auflage 2025

ISBN: 978-3-7693-5462-1

Inhaltsverzeichnis

Prolog... 13
01 Edelsteine 15
02 Auf dem Golfplatz... 20
03 Nicht schon wieder 25
04 Eenden Gracht 29
05 Freizeit... 34
06 Nachforschungen.. 41
07 Krake... 47
08 Mareike.. 52
09 Ganovenrache... 58
10 Brille flieht 62
11 Schurkenpläne.. 71
12 Probelauf 76
13 Besuch 83
14 Neue Pläne.. 89
15 Tragik 96
16 Zivilcourage 102
17 Claas 108
18 Verfolgung.. 116
19 Mareikes Opfer 124

I

20 Richtfest.. 130

21 Dunkle Wolken... 135

22 Unerwartete Ehrung... 142

Personenverzeichnis

Rainer Möhler	Kriminalhauptkommissar in Bremerhaven, 29 Jahre alt
Ruth geb. Bernhard	seine Ehefrau
Heiner Möhler	der Sohn, 8 Jahre alt
Bernd Schmidt	Kriminalkommissar, Kollege von Rainer
Jost Berendsen	Zollinspektor bei der Zollfahndung in Bremerhaven, Rainers Freund
Robert Müller	Schifffahrts-Kaufmann aus Bremerhaven
Harm de Bakker	Edelsteinhändler aus Amsterdam
Claas de Bakker	sein Sohn
Mareike Smit	Sekretärin von de Bakker sen.
Pasquale del Pietro	Drogenhändler, kurz „Brille" genannt
Hennig Suter	genannt „Krake", Mitarbeiter von Brille
Egbert van Reveld	Edelsteinhändler im Auftrag von Brille
Hagal Yasu	Sekretärin, Nachfolgerin von Mareike bei Brille
Meta Graefe	Witwe, Vermieterin an die Drogenbande
Hassan Markul	neuer Boss beim Drogenkartell in Groningen
Jan Verhuigen	Kriminalkommissar aus Groningen
Karl-Heinz Bracht	Gehilfe von Brille in Bremerhaven

Für meine unvergleichliche Wanda.

Dank an meine treuen Helfer, die mir wieder unverzichtbare Hilfe geleistet haben.

PROLOG

*Zwischen Hochmut und Demut steht ein Drittes,
dem das Leben gehört, und das ist der Mut.*
Theodor Fontane (1819-1898)

Jetzt halte ich, der als Schreiberling schon etliche Kriminalromane verfasst hat, es an der Zeit auf den grundlegenden Unterschied zwischen einem Schriftsteller und einem Kriminalbeamten hinzuweisen.

Da muss in Betracht gezogen werden, der Erstgenannte muss um sein täglich Brot ringen, Tag für Tag, er ist total abhängig von der landesweiten, bestenfalls der globalen Leserschaft und hofft, dass seine Druckwerke gefallen, das heißt gekauft werden. Dabei muss er Enttäuschungen hinnehmen, von wohlmeinenden Lesern, Freunden, werden ihm Erfolge vorgespiegelt, die nicht real sind, oder einem Buchhändler Freiexemplare einbringen sollen. Er bekommt vom Verleger kein Gehalt, auch keine festen

Auszahlungen. Erst muss sich das Buch für den Verlag rechnen, dann gibt es was auf das Konto.

Der Kriminalbeamte hat hier einen unschlagbaren Vorteil: er bekommt ein regelmäßiges Gehalt, auch wenn er krank wird oder Urlaub macht. Womit diese Betrachtung eigentlich schon zu Gunsten des Kriminalbeamten abgeschlossen werden könnte, wenn da nicht jeweils ein Mensch hinter den beiden betrachteten Tätigkeiten stünde.

Der Mensch „Schreiberling" findet seine höchste Befriedigung in seinem neuen gelungenen Werk, wenn es als gedrucktes Buch vor ihm liegt. Wobei der Umgang mit seiner Gemahlin, falls vorhanden, ebenfalls Freude und Entspannung bietet. Der Einwand wohlmeinender Eltern: „Lerne erst mal einen ordentlichen Beruf", ist damit aber keinesfalls entkräftet.

Ja und der Kriminalist, was ist für ihn Freude und Entspannung? Die feinen Nuancen einer eher stillen Freude reicht das Leben ihm nicht, er muss mit Gewalt und Mordtat leben und sorgt damit für uns alle. Seine Freude und Entspannung muss er sich selbst suchen, wobei die familiären Freuden ausdrücklich eingeschlossen sind.

Natürlich könnte man das Thema wissenschaftlich vertiefen, aber wir wollen es hierbei belassen und nach einem Ausflug nach Amsterdam, als Beispiel dem Kriminalhauptkommissar Rainer Möhler folgen, der Ausgleich und Zerstreuung auf dem Golfplatz suchte.

0 1
EDELSTEINE

Von jetzt an werde ich nur noch so viel ausgeben,
wie ich einnehme
-und wenn ich mir Geld dafür borgen muss.
Mark Twain (1835-1910)

Im Hause de Bakker an der Cornelis Gracht in Amsterdam war Schautag und das Publikum drängte in die Geschäftsräume. De Bakker hatte in der Branche „Handel en slijpen van edelstenen" als Import und Export Großhandel einen sehr guten Namen und de Bakker sen. legte großen Wert darauf, dass das so blieb. Er hatte seinem Junior die Aufsicht übertragen und ihm eingeschärft: „Achte auf windige Elemente unter den Besuchern, besonders die Mocros will ich aus unserem Geschäft heraushalten."

Der Junior hatte geantwortet: „Aber wenn ein Schwarzer kommt, kann ich ihn doch nicht rausschweißen." „Nein, du sowieso nicht, das überlasse dem Ordnungsdienst. Aber du kannst zweifelhaften Gestalten ein Geschäft verweigern." Junior Claas sah auf die beiden Männer, welche die Aufsicht übernehmen würden und musste dem alten Besserwisser recht geben, die waren eine Nummer kräftiger als er. Außerdem war der Schautag bei der Polizei angemeldet, die in der näheren Umgebung dann präsent war, de Bakker unterstützte ja auch großzügig polizeiliche Veranstaltungen.

De Bakker sen. hatte die Sicherheitsmaßnahmen noch einmal verstärkt und Claas musste ihm recht geben, ein Reinfall wie nach dem Schautag vor zwei Wochen, sollte sich nicht wiederholen. Eine Kollektion ihrer Steine war damals verschwunden, bei einem nächtlichen Einbruch geraubt worden. Der „Alte" hatte den Nachtwächter fristlos entlassen, er musste eingeschlafen sein. Die Steine waren zwar nicht ihre allererste Auslese gewesen und die Versicherung hatte gezahlt, aber bisher keine Spur von dem Raub und den Tätern. Das gab zu denken.

Die Besucher wurden durch eine Schleuse geleitet und auf Metall kontrolliert, dann von den Männern des Ordnungsdienstes gecheckt. Erst danach konnten die Schauräume betreten werden. Zunächst ging es an einer Reihe von Diamantschleifern vorbei, die perfekt waren im Schleifen der Steine, fertige Produkte konnten bewundert werden. Bevorzugte Schliffart war der Facettenschliff. Begleitet wurden die Besucher von freundlichen und sachkundigen jungen Damen, die gerne die gewünschte Auskunft gaben und ein untrügliches Gefühl für zahlungskräftige Kundschaft hatten.

So war das auch bei einem beleibten Amerikaner mittleren Alters im bunten Hawaiihemd, der mit seiner zierlichen Begleiterin in ein Separee hinter Glasscheiben gebeten wurde zu weiteren Verhandlungen. Das deutsche

Ehepaar mit zwei schulpflichtigen Kindern, welches hinter ihm war, wurde freundlich weitergewinkt, von den Verkaufsassistentinnen als nicht solvent im Sinne des Hauses de Bakker klassifiziert.

Jetzt war Claas gefragt und konnte sein Verkaufstalent zeigen. Je nach Größe des Geschäfts, übernahm dann auch de Bakker sen. die Verhandlung. Heute saß Harm de Bakker auf einer Balustrade und konnte den Geschäftsgang durch Glasscheiben verfolgen, freilich nicht gesehen werden, die Scheiben waren für Zuschauer von außen verspiegelt. Er hatte gerade ein Telefonat mit Madame Phillis de Bakker, seiner Ehefrau, beendet, welche seine monatliche Zahlung an ihr Urlaubsdomizil in Spanien angemahnt hatte.

Harm war gerade 60 geworden und wollte keineswegs auf weibliche Gesellschaft verzichten, er hatte Mareike als Bürokraft und Gesellschafterin angestellt. Sie war im Gegensatz zu seiner zierlichen dunkelhaarigen Gemahlin, eine üppige Blondine und perfekt in der Betreuung älterer Herren. Gerade kam sie zu ihm herein und brachte eine Tasse des von ihm geliebten Mokkas, aufgebrüht mit dem Kaffeesatz, dazu ein Gläschen Ouzo. Er war kurz abgelenkt vom Geschäftstreiben und strich ihr zärtlich über die Hüfte, dachte dabei: „Ein Prachtexemplar, ich werde ihr wieder mal Feuer machen." Sie lächelte verständnisvoll und weg war sie.

Freilich hatte Harm sich mit Mareike unwissentlich eine Laus in den Pelz gesetzt und das lag an ihrer Vergangenheit. Ihre vorherigen beiden Chefs waren in weniger ehrbarem Gewerbe tätig, nämlich im Drogenhandel.

Ihr voriger Chef Pasquale del Pietro, kurz „Brille" in den Branchenkreisen genannt, hatte seinen Vorgänger bei ihr kurzerhand liquidiert und damit den Beifall der mächtigen Bosse im Süden erhalten. Dieser Vorgänger, ein gewisser Henk Below, hatte die besten Vertriebswege für ihre Ware der Zollfahndung und der Kripo ausgeliefert, durch unüberlegte, dumme Handlungen. Der ganze Laden in Groningen musste geschlossen werden, „Brille" hatte nur Mareike übernommen und seinen Spaß mit ihr gehabt. Aber nun hatte er sie für eine wichtigere Aufgabe vorgesehen.

„Ich habe dich an den alten de Bakker vermittelt, er ist ein reicher Diamantenhändler. Du wirst seine Chefsekretärin und persönliche Betreuerin. Aber wir bleiben in engem Kontakt, ich brauche Informationen von dir. Du siehst dir genau an, wo die Diamanten lagern und wie die Alarmanlage funktioniert." Mareike schlug die Hände vors Gesicht. „Nein, das kann ich nicht machen." Ruhig und bestimmt hatte „Brille" geantwortet: „Doch, du kannst. Wir haben sehr strenge Regeln, hier einige Werkzeuge, die bei Ungehorsam oder Misserfolg zur Anwendung kommen."

Er öffnete einen Wandschrank und zeigte ihr verschiedene Stilette, die darin verwahrt wurden. Zwei Zangen lagen auch da, er ergriff ihre Hand und setzte die kleinere Zange an das letzte Fingerglied ihres linken kleinen Fingers: „Damit fangen wir an." Mareike war blass geworden, entriss ihm ihre Hand, er ließ es lachend geschehen: „Hier haben wir noch etwas Spezielles." Er zeigte ihr eine kleine Flasche mit der Aufschrift „Zoutzuur" (Salzsäure). Das gab ihr dann den Rest, sie sank rückwärts in einen Bürosessel. Brille beugte sich über sie: „Ist doch gar nicht so schlimm, was du für mich machen sollst." Sie war besiegt und nickte: „Ja, schon gut, ich mache es."

Für ihn war es wichtig in den Besitz von Diamanten zu kommen und er dachte nicht daran dafür Geld auszugeben. Er würde Verkäufe von geraubten Diamanten vortäuschen und damit seine aus Drogenhandel stammenden Summen tarnen und erklären. Hier hatte Mareike ihre erste Bewährung bestanden, sie hatte den Schalter für die Alarmanlage und den Aufbewahrungsplatz der Schaustücke an ihn weitergegeben. Das hatte den Raub, den de Bakker mit der Versicherung abgerechnet hatte, erst möglich gemacht.

Er hatte die, es waren 12 in Facettenschliff wunderbar geschliffene Brillanten, einem bewährten und geschickten Mittelsmann übergeben, der die Steine im Ausland absetzen wollte, als ersten Test, wie sich dieses Geschäft anließ. Er hatte sich daraufhin aus einem Hotel in Bremerhaven einmal gemeldet, aber seit zwei Wochen war Funkstille.

02
AUF DEM GOLFPLATZ

Ich bin nämlich ganz anders,
aber ich komme nur so selten dazu.

Ödön von Horvath (1901-1938)

Rainer Möhler, Kriminalhauptkommissar aus Bremerhaven, hatte für seine erfolgreiche Arbeit bei der Aufklärung von Drogendelikten und damit verbunden Morden, große Anerkennung bekommen. Aber vorerst konnte er damit nicht viel mehr anfangen als die erhaltenen Urkunden und Schreiben aufzubewahren, das Schreiben vom Senator des Landes Bremen vielleicht auch einzurahmen.

Für ihn hatte sich sein Leben im Laufe des vergangenen Jahres grundlegend geändert. Er hatte sein Traumfrau Ruth geheiratet und den damals 7-jährigen Sohn adoptiert. Er hieß jetzt also Heiner Möhler. Sie waren in eine gemeinsame Wohnung umgezogen, gut für Ruth, die damit den Überfall in ihrer alten Wohnung endgültig hinter sich ließ.

Oma Bernhard, Ruths Mutter, war glücklich, endlich hatte Tochter Ruth den verdienten Partner gefunden. Rainer hatte seinen Tageslauf vom Junggesellen zum Familienvater ohne Probleme umgestellt. Für ihn war das Wissen um die gegenseitige Zuneigung zwischen ihm und Ruth, sowie die Freude an der Entwicklung des inzwischen 8-jährigen Heiner, gleichermaßen groß.

Ruth hatte ihre berufliche Tätigkeit beim Containerterminal vorerst beibehalten. Ihr gemeinsames Ziel war ja ein eigenes Haus zu bauen. Rainer hatte bereits ein Baugrundstück in Spaden gekauft, jetzt war Sparen angesagt, um möglichst bald mit dem Bau beginnen zu können.

Wochenende stand bevor und Rainer hatte für Samstag einen Besuch auf dem Golfplatz in Bremerhaven vorgesehen. Für ihn war das Neuland, aber er hatte sich beim Pro, dem dort tätigen Golfprofi, für einen Kursus an der Driving-Range angemeldet. Ruth und Heiner sollten mitkommen, beide wollten aber nicht mit einem Golfschläger hantieren. Es war halt alles fremd und man musste erst mal schnuppern.

Ruth und Heiner setzten sich auf eine Bank und waren interessierte Zuschauer. Der Pro zeigte Rainer wie man mit einem Schläger umgeht, er musste Schwünge üben, Tennisspieler würden sagen Vorhand, Rückhand und dann durfte er auch gegen einen Golfball schlagen, der auf einem Tee lag. Der Erfolg war bescheiden, das Gras rund um das Tee litt. Aber aller Anfang ist schwer, Rainer war nicht der Einzige, der lernte.

Seine Stunden waren vorüber, Rainer gab das geliehene Eisen 6 zurück und lud seinen Anhang in das Restaurant des Clubhauses ein. Nach so einer ungewohnten Anstrengung hatte er Appetit und wollte auch seiner Frau die Küchenarbeit ersparen. Er fragte nach den Wünschen und bestellte entsprechend den bescheidenen Angaben 2-mal Currywurst und einmal Pommes.

Er musste sich auch noch Gelächter anhören über seine Luft- und Erdschläge, doch das war schnell vergessen, das Essen kam und schmeckte zur Abwechslung von der üblichen Hausmannskost ganz vorzüglich.

Am Nebentisch in einer Ecke des Lokals saßen 2 Herren, die ebenfalls auf der Driving-Range geübt hatten, in intensivem Gespräch vertieft. So wie Rainer, mehr oder weniger unfreiwillig, mithören und sehen eine konnte, ging es um den Verkauf von Diamanten. Das war natürlich ein ungewöhnliches Geschäft an diesem Ort. Der ihm gegenübersitzende Herr, offenbar der Verkäufer, klappte eine flache Schachtel von DINA 5-Größe auf und zeigte seinem Partner sein Angebot, eine Auswahl reinster Diamanten, zum größten Teil geschliffen und blitzend in der Mittagssonne. Soweit Rainer das von seinem Platz beurteilen konnte, er hörte Wortfetzen wie: „Antwerpen … Amsterdam … Echtheitszertifikat …", eine wertvolle Kollektion.

Ihm fiel auf, dass der Pro sich ebenfalls für diesen Tisch interessierte. Er kam an ihren Tisch, wünschte guten Appetit und fragte, ob Interesse nach einem neuen Termin bei ihm bestünde. Dabei sah er interessiert zum Nachbartisch und sprach dann auch mit den beiden Herren. Rainer sah keinen Grund für weitere Neugierde, die beiden mussten wissen, was sie hier verhandelten, und wendete sich Heiner zu, der fragte: „Papa, willst du Golfspieler werden?"

„Nein, das will ich nicht, viel lieber will ich mit dir auf unserem Bauplatz Fußball spielen. Mama stellen wir ins Tor, sie muss unsere Schüsse halten." „Ich werde mich in einen Liegestuhl legen und zusehen, wie ihr am Tor vorbeischießt, Papa muss den Ball aus dem Nachbargarten holen und wird von dem gestrengen Besitzer ausgeschimpft."

Heiner, der seinen Papa liebgewonnen hatte, schmiegte sich an ihn und sagte: „Nein, Papa wird nicht ausgeschimpft, ich gehe mit ihm und wir holen den Ball gemeinsam." „So machen wir das", entgegnete der Papa und unter lustigem Gelächter verließ die kleine Familie das Restaurant.

Auf der Heimfahrt dachte Rainer doch noch einmal an die beiden Herren am Nebentisch: „Wenn das wirklich ein Diamantenhändler war, wie kann er dann so leichtsinnig sein und seine Klunker offen zeigen? Das war bestimmt ein Warenwert in Millionenhöhe, wenn die Steine echt waren. Davon musste man allerdings ausgehen, kein Mensch würde ernsthaft eine Kollektion von Glasklunkern präsentieren."

Seine unfreiwillige Beobachtung ließ ihn nicht los: „Was war der vermeintliche Käufer für ein Typ? Vom äußeren Schein waren beide grundsolide Herren mittleren Alters. Man konnte sie sich als gutgestellte Familienväter vorstellen, die in einem komfortablen Eigenheim wohnten. Warum trafen sie sich nicht dort in einer sicheren Umgebung?"

Ruths Frage unterbrach seine Gedanken: „Denkst du schon wieder an deine Arbeit? Noch ist Wochenende, was hast du mit uns vor?" Die Frage konnte er leicht beantworten: „Wir machen einen Spaziergang am Deich, dann kaufen wir ein." „Warum einkaufen?", fragte Ruth.

„Unser Abendbrot. Anschließend fahren wir zu Oma Bernhard und dort bereiten Heiner und ich Euch ein wunderbares Abendbrot."

Allgemeines Gelächter und Ruth sagte: „Gute Idee, aber das Abendbrot übernehme ich doch lieber zusammen mit Oma." Die beiden Männer waren zähneknirschend einverstanden. Das Abendbrot gelang vorzüglich, es folgte ein erholsamer Sonntag.

Und dann hatte die blanke nackte Woche sie wieder, die Schule und der Beruf standen wieder im Vordergrund. Ruth konnte auch von der neuen Wohnung mit dem Bus zum Containerterminal fahren, Rainer brachte Sohn Heiner zur Schule und fuhr dann weiter zu seiner Dienststelle. Dort erwartete ihn eine Menge Papierkram, wie er schon befürchtet hatte. Es galt einiges aufzuarbeiten.

Sein Kollege Kriminalkommissar Bernd Schmidt steckte den Kopf in sein Büro und wünschte: „Guten Morgen, Herr Kollege", verbunden mit der Frage, „wie war dein Golfplatz Erlebnis?" Rainer winkte ihm hereinzukommen und holte zwei Tassen Kaffee: „Das Eisen schwingen verlief ohne Höhepunkte. Aber eine ungewöhnliche Beobachtung habe ich gemacht", und er berichtete dem Kollegen von dem Diamantendeal. „Was hältst du davon", wollte er seine Meinung hören.

„Das klingt nach finsteren Machenschaften, wie kommt der Mensch zu solch einem wertvollen Besitz, der doch in einen Banktresor gehört? Man könnte annehmen, dass er seinen Schatz dort nicht zeigen darf, weil er aus dunklen Kanälen stammt." „Ja, und jetzt soll sein Schatz am Finanzamt vorbei den Besitzer wechseln. Aber es liegt keine Anzeige vor, für uns gibt es keinen Anlass einzuschreiten."

03
NICHT SCHON WIEDER

Wer an den lieben Gott glauben will,
muss auch den Teufel in Kauf nehmen.
Martin Suter (*1948)

Aber da hatte sich Kriminalist Rainer Möhler geirrt, das erkannte er am nächsten Tag, ein Leichnam wurde gefunden und er fuhr mit dem Kollegen Schmidt zum Fundort.

Der Leichnam, der von einem Schrebergärtner im Graben vor seinem Gartengelände gefunden worden war, wurde geborgen und zur weiteren Untersuchung durch die Mordkommission ins Präsidium transportiert.

Rainer kam Gesicht, Statur und Kleidung des Leichnams seltsam bekannt vor, wer konnte das sein? Der Herr am Nebentisch in der Gaststätte am Golfplatz fiel ihm ein, der mit den Klunkern. Er fuhr zum Golfplatz und traf den Pro, der sich gerade bemühte, wahrscheinlich vergeblich, dachte Rainer, einer charmanten

Mittvierzigerin die Geheimnisse von Schläger und Golfball beizubringen. Rainer erklärte ihm, dass er zur Identifikation eines Leichnams im Präsidium gebraucht würde. Der sportliche junge Mann war geschockt und bat darum, die Stunde mit der Dame abschließen zu dürfen, in 20 Minuten wäre er bereit.

„Bitte die Liste Ihrer Kunden mitnehmen", bat Rainer und fuhr mit ihm ins Präsidium. Unterwegs berichtete er ihm von seinem Verdacht, wer das sein könnte. Ein Blick des Pros auf den Leichnam bestätigte dann seinen Verdacht: „Ja, das ist der Mann mit den Klunkern." Rainers Kollegen hatten inzwischen einen Stich, wahrscheinlich mit einem Stilett, in das Herz als Todesursache festgestellt. Der Tod musste vor zwei Tagen eingetreten sein. In der Kleidung waren keine Gegenstände oder Markierungen gefunden worden, welche nähere Auskunft über das Mordopfer, um ein solches handelte es sich mit großer Wahrscheinlichkeit, geben konnten.

„Nicht schon wieder", dachte Rainer, dem die Mordopfer im Zusammenhang mit dem Drogenschmuggel über den Kaiserhafen noch in lebendiger Erinnerung waren. Ein Stilett als Mordwaffe schreckte ihn auf, das war das beliebte Mordwerkzeug der Drogenbande in den zurückliegenden Fällen gewesen, aber er sollte noch weitere Schreckmomente erleben.

Der Edelsteinhändler hatte bei dem Pro den Namen Egbert van Reveld aus Amsterdam angegeben, auf Urlaub, Adresse z. Z. Hotel „Haven Rand" in Bremerhaven. Der zweite "Kunde" des Pros an diesem Tag war der Gesprächspartner des Mordopfers am Nebentisch der Möhlers. Seine Adresse in Schiffdorf besuchten Rainer mit Kollege Schmidt noch am gleichen Tag und trafen den

Schifffahrtskaufmann Robert Müller, wie er sich nannte, auch an.

Er bestätigte den Kontakt mit dem Edelsteinhändler und sein Interesse an seiner Kollektion, aber ein Abschluss sei nicht zustande gekommen. Für die letzten beiden Tage hatte er ein lückenloses Alibi, was seine verschlafen aussehende Partnerin bestätigte, und zwar für die Tages- und Nachtzeit, wie sie bemerkte. Rainer notierte die Kommunikationsdaten des Kaufmanns und bat um Nachricht, falls er eine Reise plante oder nicht erreichbar sei unter den notierten Daten.

Rainer war mit Bernd Schmidt einig: „Der war nicht ganz sauber, seine Mieze sah wie eine Professionelle aus." „Den müssen wir im Auge behalten", gab er ihm recht. Aber damit waren sie keinen Schritt weiter in ihren Ermittlungen um den Mordfall an dem Edelsteinhändler.

Aber Müller war nicht vorbestraft und für die Staatsanwaltschaft ein unbeschriebenes Blatt, wie sie in ihren Diensträumen feststellen konnten. Rainer telefonierte mit seinem Freund Jost Berendsen, Zollfahndung Bremerhaven, um Näheres über die Tätigkeit des Schifffahrtskaufmanns Robert Müller zu erfahren. „Wo hast du denn diesen schrägen Vogel aufgegabelt?", fragte Jost nach der üblichen Begrüßung der beiden Freunde. Rainer berichtete kurz über den Sachstand und den Verdacht, dass mehr dahinterstecken könnte.

Jost antwortete nach nachdenklicher Pause: „Da hat Euer krimineller Spürsinn aber funktioniert. Der Müller ist bei uns immer mit Geldstrafen davongekommen, der ist aalglatt und schlüpft durch alle Maschen. Meistens geht es dabei um Transport aus und in den Hafen am Zoll vorbei. Mit Klunkern ist er allerdings noch nie aufgefallen."

Rainer musste damit erst mal zufrieden sein und bedankte sich für die Zusammenarbeit. Jost hatte aber noch etwas auf dem Zettel: „Halt, mein Freund; es wird Zeit für eine Sauftour durch Bremerhaven, das haben wir lange nicht gemacht." Rainer musste ihm recht geben und vereinbarte einen zeitnahen Termin. „Aber erst führe ich meine beiden Liebsten noch einmal aus", dachte er.

Im Hause Müller war man in gehobener Stimmung. Der Hausherr packte seine Geliebte und warf sie aus Bett. Er entschuldigte sich sofort wegen seiner Grobheit: „Ise-Maus, entschuldige, aber ein großer Deal ist mit deiner Hilfe gelungen: die Klunker gehören uns." Wobei er nicht daran dachte mit ihr zu teilen, oder sie nur an dem Deal zu beteiligen, aber das würde sie noch früh genug bemerken.

04
EENDEN GRACHT

Gewalt ist die letzte Zuflucht der Unfähigen.
Isaac Asimow (1920-1992)

In der Eenden Gracht, in einem schmalbrüstigen dreistöckigen Haus, hatte Pasquale del Pietro seine Geschäftszentrale untergebracht. Hier am Rande der Amsterdamer Innenstadt ließ es sich gut leben und die Geschäftsadresse atmete Solidität und Wohlstand.

Damit war es aber nicht weit her, Solidität absolut nein, Wohlstand im Sinne altehrwürdiger Handelshäuser, weit gefehlt. Die Einrichtung des Hauses war bescheiden, die Räume vollgestopft mit Handelsware, die zum großen Teil nur Tarnung war, um das „Kerngeschäft", den Drogenhandel, zu vertuschen. Im Erdgeschoss standen einige Glasballons mit spanischem Rotwein und eine Abfüllanlage für Cola Getränke.

Ein Büro ließ allerdings an Ausstattung keine Wünsche offen, das Chefbüro. Die Wände waren mit

Teakholzpaneelen vertäfelt, mit eingebautem Safe. Der Schreibtisch ein protziges Monstrum aus schwarzem mexikanischem Ebenholz, ebenso die beiden Stühle und der Beistelltisch. Alles natürlich auch schallgedämpft und abhörsicher. Die Kommunikationseinrichtung war auf neuestem Stand und für jeden Macher ein hervorragendes Werkzeug, egal ob für legale oder illegale Zwecke eingesetzt.

Ein besonderer Raum mit einer verspiegelten Scheibe und Sicht zum Haupteingang, war mit einer Wache besetzt, die den Chef und damit das ganze Haus vor unbequemen Besuchern schützen sollte. Das Wachpersonal war mit einer Pumpgun mit Schrotmunition ausgerüstet. Es waren Leute, die hier zum Einsatz kamen, welche auch ohne Waffe großen Eindruck auf eventuelle Eindringlinge gemacht hätten, Bodybilderfigur war selbstverständlich.

Herr über alles, auch mehrere Clercs waren tätig, Pasquale del Pietro, in Branchenkreise kurz „Brille" genannt. Der war in miserabler Stimmung, wofür es eigentlich zwei Gründe gab: 1.) Seine Gespielin Mareike war weg und 2.) Sein Mitarbeiter, dem er die 12 Klunker zum Verkauf übergeben hatte, meldete sich nicht aus dem Zielort Bremerhaven. Beides war für ihn schwerwiegend, denn gerade in solchen Stunden diente seine Geliebte ihm als Blitzableiter für die miese Stimmung und richtete ihn mit ihrer guten Laune dann auch wieder auf. Natürlich spielten ihre körperlichen Reize dabei auch eine wichtige Rolle.

Mareikes Abwesenheit hatte er selbst eingefädelt, sie sollte den stinkreichen Diamantenhändler de Bakker „betreuen", was in seinem Sprachgebrauch ausspionieren bedeutete. Sie hatte ihre erste bedeutende Meldung bereits abgeliefert. Daran konnte und wollte er nichts ändern. Anders lag der Fall bei den zwölf Klunkern, hier musste er aktiv werden. Er drückte auf Knopf 2 der Wechselsprechanlagen: „Schick mir mal Krake ins Büro."

Der Summer ertönte und er drückte auf den Türöffner. Es erschien Krake, ein schmaler Kerl mit einem verschlagenen Ausdruck im Gesicht. „Setz dich", sagte Brille und der so aufgeforderte setzte sich auf einen der schweren Stühle, aber nur auf den Rand des Sitzes, Höflichkeiten war man vom Chef nicht gewöhnt. Sie machten eher misstrauisch.

„Du fährst nach Bremerhaven und holst die Klunker zurück", begann der Chef ohne Vorrede, „ich will wissen, was mit der Pfeife van Reveld passiert ist." Krake nickte und sein Herr und Meister gab ihm weitere Infos: „Er ist im Hotel Haven Rand abgestiegen und hat sich von dort auch einmal gemeldet. Er wollte einen Golfkurs belegen, um mit zahlungskräftigem Publikum in Kontakt zu kommen. Mach die Augen auf, dafür wirst du bezahlt und nun kannst du Abgang machen."

„Welches Fahrzeug soll ich nehmen, Chef?" „Du nimmst den Skoda, steht hinterm Haus. An der Grenze lässt du ihn stehen und mietest ein in Bremerhaven zugelassenes Fahrzeug, sonst fällst du auf, denk nach, wozu hast du deine hässliche Rübe? Nun aber Abgang!"

Krake konnte man nicht beleidigen, schon gar nicht dieser aufgeblasene Typ hinter dem protzigen Schreibtisch. „Chef, ich habe noch einen Vorschlag." „Was denn noch?" „Ich wollte dir eine neue Sekretärin vorstellen. Eine aus Äthiopien geflüchtete Studentin. Sie ist alleinstehend und seit einem Jahr hier, eine Schönheit, sucht Arbeit." „Ob sie was taugt, das zu beurteilen überlasse mir." „Was gebrauchen könnte ich schon", dachte er, „Mareike macht sich sehr rar."

Krake konnte sich bestens verstellen, schüchtern sagte er: „Ich könnte sie jetzt vorstellen, sie sitzt unten im Besucherzimmer." Brille bekam runde Augen, soviel Hinterlist hatte er Krake nicht zugetraut. Ein Typ, bestens geeignet für seine Zwecke: „Hol sie hoch, ich sehe sie mir an." Krake verschwand wieselflink und dann kam ein Traum in sein Büro. Mitte Zwanzig, groß, schlank, gut bestückt, die Haut helles Kaffeebraun, üppiges lockiges Haar, „Donnerwetter", dachte Brille hinter seinem Protz-Schreibtisch, „die kann bei mir anfangen."

„Hagal Yasu," stellte sie sich vor. Im Gespräch stellte sich heraus, dass sie nach einem Sprachlehrgang ganz passabel Niederländisch sprach, außerdem Englisch und natürlich Amharisch, ihre Muttersprache. In Addis Abeba war sie Sekretärin in einem Konsulat und hatte eine günstige Gelegenheit genutzt, sich nach Europa abzusetzen. „Wie hat Krake dieses Wertstück bloß aufgegabelt?", fragte sich Brille. Fragen konnte er ihn nicht, der hatte sich verzogen und war sicher schon auf dem Weg nach Bremerhaven.

Ein Vertrag wurde aufgesetzt und die Exotin eingestellt. Brille machte sie mit ihren Aufgaben bekannt und übergab ihr das Papier. Bei seiner Äußerung: „Anfangsgehalt 1200 Gulden", stieß sie einen Jubelschrei aus und fiel dem vor ihr stehenden Brille um den Hals. Das fiel ihr nicht schwer, sie war etwas größer als ihr zukünftiger Chef. Für den war das ein Zeichen, dass die Dame sicher schon Erfahrung mit liebeshungrigen Chefs hatte.

Krake fuhr mit „full speed" auf dem Abschlussdeich Richtung Norden, ein Besuch bei den „moffen" stand an. Er grinste vergnügt, der Streich mit der Schwarzen war ihm gelungen: „Jetzt wird der alte Knurrer wohl etwas ruhiger werden. Und die Schwarze ist mir zu Dank verpflichtet, soll mir Info geben, wenn sich was tut." Sonst hatte er keinen Bedarf an ihrer Zuneigung. Da wurde er gut versorgt von Stientje, einem reifen Mädel vom Dorf, die bei ihm wohnte.

Sie wollte mit auf seine „Dienstreise" nach Bremerhaven, aber das ging nicht, da war Chef „Brille" vor: „Stientje liefje (Liebling)", hatte er zu ihr gesagt, „das geht nicht, der Chef zerreißt mich in der Luft. Außerdem könnte ich nicht klar denken, wenn du neben mir im Hotelzimmer liegen würdest." Dabei hatte er sie zärtlich umarmt, was bei ihrem beachtlichen Umfang für ihn gerade noch möglich war. Sie hatte glücklich gelächelt ob solchen Lobs und war zufrieden. „Aber mach dich auf was gefasst, wenn du wieder hier bist!", hatte sie hinzugefügt. Krake lief jetzt im Auto ein Schauer über den Rücken, wenn er daran dachte, wie sie dieses Versprechen wohl einlösen würde.

05
FREIZEIT

Jeder hat einen kleinen Funken Verrücktheit in sich.
Man darf ihn nicht verlieren.
Robin Williams (1951-2014)

Freitagabend, das Wochenende nahte, Zeit sein Versprechen gegenüber dem Freund Zollinspektor Jost Berendsen einzulösen, ein kleiner Kneipenbummel stand auf der Agenda. Rainer Möhler von der Kripo Bremerhaven rief auf der bekannten Nummer an. „Habe deinen Anruf schon erwartet, am besten treffen wir uns hier bei mir, da sind wir nahe dran am Geschehen."

So geschah es dann auch und ohne großen Aufenthalt machten die Freunde sich zu Fuß auf den Weg Richtung Stammkneipe „Schräges Eck". Sie kamen an der „Blauen Bude" vorbei aus der ihnen Musik aus der Musik-Box und lautes Stimmengewirr entgegen klang. „Da sehn wir mal nach dem Rechten", sagte Rainer. Zigarettenqualm, die Augen tränten, der ganze Raum vollgestopft mit

Hafenarbeitern, die wie Rainer und Jost das Wochenende einläuten wollten. Ein schnelles Flaschenbier und nichts wie weg, so die Vorstellung der Freunde.

Der Platz am Tresen war durch die Kneipenbesucher versperrt, aber Gerda, die aufmerksame Bedienung, kam schon mit zwei Flaschenbieren, viel mehr konnte man hier nicht bestellen. Damit und einem Köhm waren aber auch die meisten Wünsche schon zufriedenstellend erfüllt. Rainer bezahlte und Gerda fragte: „Ihr geht doch nicht sofort wieder?" Jost antwortete: „Nein, wir haben noch etwas Zeit." Mit Kennerblick hatte die Bedienung Rainer und Jost als Familienväter erkannt. Sie wollte testen, ob hier Dauerkundschaft möglich war.

Die beiden hatten zwar ihre Krawatten abgelegt, sie waren aber die einzigen Gäste mit weißen Oberhemden. Das fiel auch einem neben Rainer stehenden Besucher auf und er wandte sich freundlich an die Beiden: „Im „Schrägen Eck" trägt heute Abend ein Kollege von unserer Schwimmkranbesatzung eine Geschichte über das Leben von Herbert Mehnert vor, was interessant für die Herren sein könnte." Rainer dankte für den Hinweis: „Da wollten wir ohnehin einen Besuch machen. Das hören wir uns an." Und Abmarsch, bevor Gerda es bemerkte und eventuell verhindert hätte.

Im „Schrägen Eck" empfing der Wirt sie freundlich und gab ihnen auf ihre Nachfrage zwei bevorzugte Plätze am Rednerpult des Vortragenden. Sie bestellten zwei Bier und nachdem sie noch einmal das Tagesgeschehen besprochen hatten, erschien der Vortragende, begrüßte die Zuhörer, die sich versammelt hatten und begann seinen Vortrag.

„Kollegen, Ihr kennt mich als Kuddel, ich möchte Euch heute im Rahmen der Vortragsreihe ´Menschen aus dem Hafen, Kumpels wie du und ich´, das Leben unseres

Freundes Herbert Mehnert vorstellen der leider im vorigen Jahr verstorben ist. Rollo (der Wirt) hat versprochen, dass er einen Schluck ausgibt auf sein Wohl im Jenseits." Der Schluck kam und allgemein wurden die Schnapsgläser zur Kneipendecke gehoben und auf den verblichenen Arbeitskameraden geprostet. Kuddel begann seinen Vortrag:

„Herbert hat uns oft während der Wartezeiten auf den nächsten Hiev von seiner Zeit in Kanada erzählt. Ich habe das gesammelt und kann Euch heute zusammenhängend berichten.

Er kam über Umwege in den Hafen. Er hatte nach seiner Lehre als Bauschlosser eine Auszeit genommen und fuhr Taxi. Nachdem das Geld reichte, packte er den Rucksack und ab nach Kanada. Nicht in die Zivilisation, nein zu den Rothäuten im wilden Norden wollte er. Von Toronto, Ontario fuhr er mit der Eisenbahn quer durch das riesige Land nach Edmonton, Alberta und von da weiter nach Norden in den Yukon District.

In Wrigley wurde er schon an der Busstation, als er ankam von dem Unternehmer Bust, so stellte er sich vor, angesprochen, der ihn als Holzfäller engagieren wollte. Der war begeistert, als er hörte, der junge Mann kommt aus Germany. Herbert wollte aber erst Indianer sehen, was er mühsam in seinem Schulenglisch erklärte. „Du wirst unsere Ureinwohner gründlich im Holzfällercamp kennenlernen. Das sind hier aber nicht nur Indianer, sondern auch Eskimos. Vorsicht vor deren Frauen, die sind wild auf solche blonden Burschen wie du einer bist:"

Er einigte sich mit dem cleveren Dealer auf einen guten Lohn und unterschrieb einen Vertrag über 1 Jahr. Den Einwand von Herbert, dass er keine Arbeitserlaubnis habe, wischte Jack beiseite: „Don´t think about that, it´s my problem, Bert", womit er auch seinen Namen im Land der Trapper und Holzfäller weghatte.

Das Holzfällercamp war nach Angabe von Bust nahe bei, jedoch bei der Fahrt mit dem Jeep weiter nach Norden waren das 40 Meilen, in dem riesigen Land gelten andere Maßstäbe als im überschaubaren Deutschland. Das Camp bestand aus 4 Wohncontainern, die an einem Ende auf einem Fahrgestell standen, am anderen Ende mit klappbaren Stützen abgestützt und über eine Holztreppe zugänglich waren. Die Holzfäller schliefen in doppelstöckigen Feldbetten. Ein Küchencontainer mit offener Kochstelle und ein Diesel Aggregat mit Generator zur Stromerzeugung ergänzten die Einrichtung des Camps.

Die „Boys" waren dem Aussehen nach wilde Gesellen, aber ganz in Ordnung und prima Kumpels, wie Bert noch feststellte. Die Arbeit war gnadenlos hart, aber Bert war jung und gewöhnte sich schnell an den Arbeitsrhythmus. Es wurden vorwiegend Maschinen eingesetzt. In den tiefen Schluchten war das aber nicht möglich, da wurden die Baumstämme mit großen Kettensägen gefällt und dann von einem Bagger mit Winde nach oben gezogen. Das Anschlagen der gefällten Stämme mit einem Drahtseil an das Seil des Baggers war die gefährlichste Arbeit. Der Stamm schlug beim Anheben nach allen Richtungen aus, oder rutschte sogar aus der Seilschlinge und die Anschläger mussten flüchten.

Gerade da landete Bert schon nach kurzer Zeit wegen seiner Geschicklichkeit und wurde vom Chef und dem Vormann gelobt. Endlich bekam er auch seine Indianer zu sehen, die lieferten nämlich das Fleisch in das Camp, jeden Morgen, jeden Abend gab es große Fleischportionen, um die Boys fit zu halten für ihre schwere Arbeit. Es waren je nach Jahreszeit Karibus, seltener Elche oder Wapiti (Hirsch), die von den Einheimischen gejagt, gleich ausgenommen und zerteilt wurden. Zur Bereicherung des Speiseplanes wurden auch Lachse geliefert, tief gefroren im Winter, oder frisch gefangen während der Lachswanderungen.

Transportiert wurden Fleisch und Fisch auf Schlitten, auch wenn der Schnee längst geschmolzen war, gezogen nicht etwa von Hunden, sondern von den Frauen und Töchtern der einheimischen Männer, die stolz nebenherliefen. Bald war Bert, der mit den Boys beim Feierabend saß, von der Weiberschar als Neuer entdeckt und wurde tüchtig bewundert.

Seine blonden Haare und die blauen Augen waren schon etwas Besonderes und jede Squaw wollte ihn anfassen. Er ließ es geduldig über sich ergehen und überhörte auch die aufmunternden Rufe der Boys, welche die Damen zu mehr Zärtlichkeiten mit dem German Boy, so hatten sie ihn vorgestellt, ermunterten.

Die älteren Frauen hatten fettige Haare und rochen nach Fischtran. Von den jüngeren gefiel ihm die Tochter des Chiefs sehr gut. Der bemerkte das, deutete auf die etwa 15jährige schwarzhaarige Schöne und sagte: „Arnik, good for you". Das Mädchen strahlte ihn mit ihren kohlschwarzen Augen an, der neben ihm sitzende Ben sagte: „Da kann man schwach werden."

Der Häuptling gab dem Mädchen ein Jagdmesser mit einem Hirschhorngriff und sie kam auf Bert zu und reichte ihm das Messer, es sollte wohl ein Geschenk sein. Der Boss kam ihm zu Hilfe, er erklärte dem Mädchen und dem Chief, dass der angebetete Blonde in den nächsten Tagen in das Indianercamp kommen würde, dann könnte das Geschenk überreicht werden. Dem ahnungslosen German

Boy sagte er: „Wenn du das annimmst, musst du sie heiraten, du Glücklicher und mit nach old Germany nehmen. Deine Mama wird begeistert sein, wenn die Verwandtschaft aus Kanada zu Besuch kommt."

Arnik hatte verstanden und gab das Jagdmesser an ihren Vater zurück. Um sicher zu gehen, dass er auch wirklich in ihr Camp käme, drückte sie ihn noch einmal herzlich an sich und rieb ihre Stupsnase an seinem germanischen Riechkolben. Bert war hin- und hergerissen. Er musste zugeben, dass er ohne die Hilfe von Jack Bust wohl Mitglied des Stammes der Karibu Jäger geworden wäre.

Er hütete sich in dem Indianer Camp zu erscheinen, machte seine Arbeit zuverlässig, sein Chef hätte ihn gerne länger behalten. Nach Ablauf des Jahres brachte ihn Jack zur nächsten Bahnstation und er fuhr mit der Transpacific nach Vancouver. Hier heuerte er auf dem norwegischen Stückgutfrachter „MV-Tarango" an, der eine Ladung Schnittholz nach Yokohama brachte.

Sein Ziel war aber die Heimat, war Bremerhaven. Er hatte Glück, ein amerikanischer Hire Boss, der in Yokohama seine Geschäfte machte, vermittelte ihn auf den holländischen Containerfrachter „MV-Batavia", Zielhafen Rotterdam. Sein Dampfer hatte eine Teilladung für Bremerhaven, aber der gute Herbert hatte keine Ruhe mehr. Er setzte sich in den Zug, fuhr nach Bremen und weiter mit dem Taxi nach Bremerhaven, Dollars hatte er genug verdient bei den Rothäuten in den Wäldern und auf See.

Im Kaiserhafen bekam er eine Stellung auf unserem Schwimmkran und war zufrieden, genug der Abenteuer, jetzt hielt er Ausschau nach einer passablen Braut, dann wollte er heiraten. Es stellte sich heraus, das war gar nicht so einfach. Durch seinen Auslandsaufenthalt hatte er das

Heiratsalter verpasst die Wunschkandidatinnen waren vergeben. Auf dem Markt jede Menge junges Gemüse, das war nicht sein Fall. Außerdem fühlte er sich im Kreis seiner Arbeitskollegen sehr wohl. Das wurde im Lauf der nächsten Jahre seine Familie und er blieb Junggeselle. Wir rufen ihm von hier zu: Nun Ruhe in Frieden, du warst uns ein lieber Freund und Arbeitskollege."

Allgemeines Gläsergeklirr und Prost Rufe, Rainer und Jost nahmen die Gelegenheit wahr und verließen die Gaststätte. Sie gingen zurück zum Hauptzollamt, wo ihre Fahrräder standen. Rainer verabschiedete sich und machte sich auf den Heimweg. Aus ihrem Kneipenbummel war nichts geworden, sie hatten sich mit dem Vortrag zu lange aufgehalten. Er war neugierig, ob Jost noch einmal bei der Blauen Bude einkehren würde, um seine Chancen bei Gerda auszuloten, freute sich aber auf zu Hause und den Empfang durch Ruth und Sohn Heiner.

06
NACHFORSCHUNGEN

Eines Tages wird alles gut sein,
das ist unsere Hoffnung.
Heute ist alles in Ordnung,
das ist unsere Illusion.
Voltaire (1694-1778)

Robert Müller, Besitzer einer Kollektion von geschliffenen Edelsteinen, die er seinem Mordopfer van Reveld abgenommen hatte, war unruhig. So glatt konnte das nicht laufen, die Besitzer der Klunker würden keine Ruhe geben, besonders deshalb, weil die Steine unter der Hand angeboten wurden und sicher aus dunklen Kanälen stammten. Er rechnete damit, dass er es mit einer Diamanten-Mafia zu tun bekommen würde.

Er fuhr zu dem Pro vom Golfplatz und sagte die bereits gebuchten Stunden wieder ab. Auf die Frage, ob es ihm nicht zugesagt hätte, antwortete er: „Ich will eine Weile ausspannen und verreise." „Wo soll's denn hingehen?"

„Fahre an die Ostsee." Der Pro hatte einen guten Rat: „Ich war in Zingst, das kann ich nur empfehlen. Ich habe mir Mal das erste Haus am Platz gegönnt, war großartig."

Zu Hause suchte er im Rechner nach Hotels und kam zu dem Ergebnis: „Der war im Strand-Ressort." Und dort buchte er auch für die nächsten 10 Tage und fuhr sofort ab. Die Klunker nahm er mit, sie in seiner Wohnung zu lassen, war ihm zu unsicher. Freundin Ise musste erst die Spätschicht in der Cosmos-Bar hinter sich bringen und sollte in den nächsten Tagen nachkommen.

Krake kam nach Bremerhaven und sein erster Besuch galt dem Hotel HavenRand. Am Empfang fragte er nach seinem Bruder van Reveld, der sich hier einquartiert hätte. Die freundliche Dame bedauerte, die Polizei sei schon dagewesen und er möchte sich doch bitte an das Polizeipräsidium wenden zu weiteren Auskünften.

Krake dankte und dachte: „Den Gefallen werde ich dir nicht tun, Lady." Sein nächster Weg führte zum Golfplatz. Den Pro fragte er nach seinem Bruder Egbert van Reveld. Der zeigte sich bestürzt und verwies ihn ebenfalls an die Polizei. „Sie können mir doch sagen, was geschehen ist, ich bin sein Bruder", sagte Krake. Der Pro entgegnete, er habe von der Polizei die Anweisung bei Fragen nach seinem früheren Golfschüler an die Polizei zu verweisen: „Im Übrigen muss ich Ihnen die traurige Mitteilung machen, dass Ihr Bruder einem Mordanschlag zum Opfer gefallen ist."

Krake gab sich entsetzt und fragte mit Tränen in den Augen, er war ein geborener Schauspieler: „Wie konnte das geschehen?" Da konnte der Pro keine Auskunft geben: „Das weiß ich nicht, aber er hatte Diamanten in seinem Besitz, vielleicht war das der Anlass für die Tat." „Diamanten", kam es ungläubig von Krake zurück, „das ist doch nicht möglich." „Doch, die hat er hier gezeigt und ein Herr an seinem Tisch war an einem Kauf interessiert." Den Namen musste er haben und Krake fragte nach der Adresse.

Der Pro gab sich verschlossen, das könne er ihm nicht mitteilen. Der „Bruder" gefiel ihm nicht, er machte einen verschlagenen, hinterhältigen Eindruck. Krake bestellte eine Cola und bohrte nach: „Sie müssen das verstehen, ich bin sein Bruder." Der Pro gab ihm Namen und Adresse nicht, ging aber einige Schritte zur Seite an das schwarze Brett des Clubs um die nächsten Golf-Schüler, zwei Damen mittleren Alters, wunschgemäß zu fotografieren und ließ die Tagebuchseite vom Samstag offen liegen. „Die beiden waren als Erste an dem Tag dran", rief er Krake zu und der machte sich schleunigst die notwendigen Notizen.

„Den werden Sie aber nicht zu Hause antreffen, der macht Urlaub in Zingst an der Ostsee", kam eine ungewollte letzte Info von dem Pro, „ich habe ihm empfohlen sich doch das beste Haus am Platz als Bleibe zu gönnen." Krake verschwand als geknickter Bruder.

Der Golflehrer hatte seinen Klienten richtig eingeschätzt, er war nicht zu Hause, wie eine verschlafene junge Frau Krake an der Flurtür mitteilte. Auf seine entsprechende Frage antwortete sie: „Er wollte nach Altona, wohin genau, kann ich nicht sagen, ich sollte nachkommen und mich auf Badeurlaub einrichten."

Durch die mehr oder weniger ungewollte Info des Pros war Krake nicht mehr zu täuschen. Er fuhr nach Stade und übernachtete im Gasthaus Zur Post. Am nächsten Tag lautete sein Ziel Zingst.

Rainer Möhler hatte einen Fall zu bearbeiten, der machte ihm Kopfschmerzen. Die Mordkommission hatte keine Erkenntnisse aus der Untersuchung des Leichnams gewonnen, die sie weitergebracht hätte. Der Tischnachbar des Mordopfers im Golfclub hatte ein Alibi und einen Verwandten von dem van Reveld hatte man auch mit Hilfe der holländischen Polizei bisher nicht ausfindig gemacht. Es war anzunehmen, dass dieser mit falschem Namen unterwegs war.

Blieb nur die Möglichkeit das Alibi des Robert Müller noch einmal genauer unter die Lupe zu nehmen. Rainer schickte den Kollegen Bernd Schmidt zu seiner Wohnung, er sollte die Ise genannte Zeugin mit ins Präsidium bringen, um ihre Aussage zu protokollieren. Allein die Tatsache einer Vorladung hatte schon manche zweifelhafte Aussage entlarvt. Schmidt kam mit einer Neuigkeit zurück: „Der Müller ist nicht mehr da, ist verreist, obwohl wir ihm doch angeraten hatten am Ort zu bleiben, bzw. sich abzumelden."

Rainer war leicht alarmiert: „Der hat Dreck am Stecken, da müssen wir hinterher gehen. Und die Freundin?" „Wartet im Vernehmungsraum. Die Dame heißt Ise Völz." Rainer bestellte Kaffee und ging freundlich lächelnd in den Vernehmungsraum, Bernd Schmidt ging mit und setzte sich an die Schreibmaschine. Er wollte Protokoll führen.

Rainer stellte sich vor und erklärte, sie müssten die Aussage der jungen Frau genau protokollieren, deshalb habe man sie hergebeten. Der erfahrene Kriminalist sah, wie nervös Ise war. Er sprach sie freundlich an: „Frau Völz, Sie sind als Zeugin hier, nicht als Angeklagte, aber wir, die wir täglich mit Kriminalfällen zu tun haben, sagen uns, hier stimmt was nicht und um das aufzuklären sitzen wir hier. Ich hoffe, wir haben Ihren Tagesablauf nicht unnötig gestört."

Ise Völz saß mit gesenktem Kopf und gab keine Antwort. Rainer machte sich auf ein unersprießliches Gespräch gefasst. „Ein Mord ist geschehen und wir tappen noch im Dunkeln. Sie haben ein lückenloses Alibi für den Robert Müller bestätigt. Kann es in dem zeitlichen Ablauf nicht Lücken geben, in denen sie nicht mit ihm zusammen waren.?" „Nein, ich war immer mit ihm zusammen." „Er war am Tag vorher mit dem Mordopfer zusammen auf dem Golfplatz, er wurde ermordet und die dort gezeigten Diamanten sind verschwunden, das ist der Grund für unsere Nachforschungen. Wir hatten mit dem Herrn Müller vereinbart, dass er die Region Bremerhaven nur nach Rücksprache mit uns verlässt, jetzt ist er weg. Wo ist er?" Ise sah Rainer an: „Er hat zu mir gesagt, er will nach Altona und ich soll nachkommen, aber mich für einen Badeurlaub einrichten." Rainer machte einen neuen Anlauf, die junge Frau aus der Reserve zu locken: „Frau Völz, finden Sie es nicht auch seltsam. dass Ihr Freund sich mit unbekanntem Ziel abgesetzt hat?" „Das Ganze geht mich nichts an, er muss sehen, wie er da rauskommt, ich kann nur sagen, dass ich damit nichts zu tun habe."

„Mit rauskommt, was meinen Sie damit?" „Falls er die Klunker hat, ist er Ihr Verdächtiger Nummer 1, das sehe ich ein, aber davon weiß ich nichts", sagte sie mit zitternder Stimme, sie war total aufgelöst und Rainer hatte das sichere Gespür: „Jetzt lügt sie." Er brach das Verhör ab, es war zwecklos weiter zu fragen. Nachdem sie Protokoll gelesen und unterschrieben hatte, sagte er: „Wir müssen uns sicher noch einmal unterhalten Frau Völz, ein Ergebnis muss her!" und verabschiedete sich.

Rainers nächster Weg führte zu dem Golfplatz. Der Pro hatte die Brillanten ebenso gesehen wie der Müller und war auch verdächtig. Dieses Thema konnte er jedoch schnell zur Seite legen, der hatte, um sein täglich es Brot zu verdienen, am Tag der Untat pausenlos gearbeitet, sprich golfbegeisterte Schüler gehabt, was leicht nachzuprüfen war. Außerdem konnte er einen wichtigen Hinweis geben, wo der Müller untergetaucht sein konnte. Er berichtete von seinem Rat nach Zingst zu fahren und dort im besten Haus am Platz Quartier zu nehmen. Rainer konnte zwar nicht davon ausgehen, dass der Flüchtige so dumm war sein Fluchtziel auszuplaudern, aber nachgehen musste er der Angelegenheit.

0 7
KRAKE

Du lebst nur einmal,
aber wenn du deine Karten richtig ausspielst,
ist einmal genug.
Frank Sinatra (1915-1998)

Krake war der Kripo um einen Tag voraus und den nutzte er. Er fuhr nach Zingst und auf dem Platz im Zentrum direkt hinter dem Deich war das erste Haus am Platz unschwer zu erkennen: das Strand-Ressort. Er versorgte sich aus dem Kofferraum mit notwendigem Material für seinen Plan und mit entschlossenem Auftreten verlangte er am Empfang mit seinem Bruder zu sprechen. Der junge Mann am Empfang wählte die Zimmernummer: „Leider besetzt, bitte einen Augenblick, ich versuche es noch einmal", sagte er.

Krake wartete nicht, er schlenderte durch die weiträumige Lobby und verschwand im Lift. Er grinste: „Dummkopf, die Zimmernummer weiß ich doch schon, das ist die Rufnummer, die du gewählt hast, du Pfeife", dachte er. Zweite Etage Zimmer 230, er klopfte, den Totschläger mit dem Bleikopf hielt er hinter dem Rücken verborgen in der rechten Hand.

„Herr Müller aus Bremerhaven?", fragte Krake den öffnenden Mann. „Ja, das bin ich", kam die Antwort, „was...", weiter kam Müller nicht, ein wuchtiger Schlag warf ihn ohnmächtig auf den Boden. Krake grinste: „Man muss nur die richtige Stelle auf der Rübe kennen ...", dachte er und die kannte er und holte aus seiner Umhängetasche einen Knebel und Seile. Er machte sich an die Arbeit, dann suchte er im Zimmer nach den Edelsteinen, die er schnell im Rollkoffer seines Opfers gefunden hatte. Nach 20 Minuten verließ er das Zimmer wieder und hängte das Schild „Nicht stören" an die Türklinke. Am Empfang waren gerade neue Gäste angekommen und er konnte sich unbemerkt vorbeimogeln. In seinem Skoda musste er erst einmal laut lachen, wie der Müller hinter ihm hergeblickt hatte, als er das Zimmer verließ: „Der wird nicht viel Spaß an seiner Zwangshaltung haben, kunstgerecht zusammengeschnürt." Er startete den Skoda und fuhr eine andere Route, nämlich über Berlin, Richtung Amsterdam. Er konnte ein Extrahonorar von seinem Chef erwarten.

Kommissar Möhler rief das Polizeipräsidium in Rostock an, wurde dort aber verwiesen an die Kripo in Barth, die zuständig sei für Zingst. Er sprach mit Hauptkommissar Roth und schilderte den Fall. Der versprach sofort die Nachforschungen nach dem Urlaubsgast in Zingst zu veranlassen, was sich aber bis zum nächsten Tag hinzog. Der von Roth beauftragte Kommissar Schramm wurde am Nachmittag im „Strand-Ressort" fündig, ein Robert Müller hatte sich eingemietet im Zimmer 230.

Schramm wartete die Ankunft seines Chefs Roth ab und gemeinsam mit einem Pförtner, der einen Zimmerschlüssel hatte, ging sie zu dem Zimmer. Auf das Klopfen öffnete niemand und der Pförtner schloss auf. Vorsichtig, die Dienstwaffe in der Hand, öffnete Roth die Tür. Niemand war zu sehen, dann entdeckte Schramm hinter dem Bett eine geknebelte und gefesselte männliche Person auf dem Boden. Hände und Beine waren hinter dem Rücken gefesselt, Seile dort befestigt und um den Hals geschlungen, im Mund einen Knebel.

Roth genügte ein kurzer Blick und ein Griff an die Halsschlagader, um ihm die Gewissheit zu geben, Müller lebte nicht mehr, er war auf abscheuliche Art umgebracht worden. Mit den Stricken seiner Fesselung hatte er sich selbst durch seine Zwangshaltung erdrosselt. Er musste einen langsamen und qualvollen Tod gestorben sein. „Abscheulich, was sich der Mörder ausgedacht hat", sagte Roth. Dem erfahrenen Kriminalisten grauste ob solch infamer Brutalität. Die Mordkommission aus Rostock wurde bestellt und machte sich an die Arbeit.

Am nächsten Tag teilte Roth seinem Kollegen in Bremerhaven das Ergebnis der Untersuchungen und damit das schreckliche Ende des Mordopfers Müller mit. Der war mit großer Wahrscheinlichkeit jedoch nicht nur Opfer, sondern auch Täter, in seiner Wohnung war die Mordwaffe, ein Stilett mit mikroskopisch feinen Blutspuren des van Reveld gefunden worden.

Rainer Möhler war ratlos, wo er mit Ermittlungen von Bremerhaven aus weiter ansetzen könnte bei Ermittlung des grausamen Mörders. Ise Völz berichtete bei einer erneuten Vernehmung von einem angeblichen Bruder des Robert Müller, der sich nach ihm erkundigt hatte. „Der hat aber keinen Bruder, da bin ich sicher, er stammt aus dem Rheinland", gab sie zu Protokoll.

Rainer fuhr noch einmal zum Pro: „Wenn der unbekannte Besucher die Wohnung erfahren hat, dann weiß er bestimmt auch vom Golfplatz", kombinierte er. Genau richtig vermutet, der Pro bestätigte den Besuch eines windigen Burschen und hatte eine Überraschung für unseren Kriminalisten: „Ich habe ein Bild von ihm." Rainer sah ihn ungläubig: „Ich habe zwei Damen, die Training bei mir gebucht haben, auf ihren Wunsch hin fotografiert und nachher festgestellt, dass der angebliche Bruder am Rand mit auf dem Bild ist." Er holte seine Olymp-Kamera und zeigte ihm das Foto. Viel war nicht zu sehen, der Pro vergrößerte den Bildausschnitt und man konnte einen kleinen Mittdreißiger im Profil auf dem Display erkennen.

„Zudem hätte ich auch kein Vertrauen gehabt", dachte Rainer. Erstaunlich, aber der aufmerksame Pro hatte noch eine Überraschung parat. Er deutete auf ein Cola-Glas im Regal an der Driving-Range: „Da hat er draus getrunken und Hanna hat es noch nicht wieder abgeräumt."

Rainer ließ sich auf den nächsten Stuhl fallen: „Jetzt bin ich platt." Der Pro musste lachen: „Kann ich bei Euch anfangen?". fragte er. Rainer war ihm dankbar, er nahm sich vor, ihn bei dem nächsten Kneipenbummel mitzunehmen und bedankte sich herzlich bei ihm.

Die Fingerabdrücke waren verwertbar, der Pro und Bedienung Hanna gaben ebenfalls ihre Prints ab und somit waren die verbleibenden Abdrücke dem „Bruder" zuzuordnen. Kriminalrat Dunker, Rainer Möhlers Chef, ließ die Prints und das Foto an die Kripo in Groningen und Amsterdam schicken, mit der Bitte um Amtshilfe. Eine Verbindung ins Nachbarland war auf Grund der

Herkunft des Diamantenhändlers van Reveld und des Dialektes, der aus der Aussprache des „Bruders" herauszuhören war, naheliegend. Hauptkommissar Roth erhielt in Barth eine entsprechende Nachricht mit der Mitteilung, dass die weiteren Ermittlungen von Bremerhaven aus durchgeführt würden. Die Ergebnisse aus Zingst wurden übermittelt.

0 8
MAREIKE

*Eine Frau, die Ziele hat,
wird Emanze genannt,
während ein Mann, der Ziele hat,
den Erwartungen entspricht.*
Toni Morrison (1931-2019)

In der Cornelis Gracht in Amsterdam war man erfreut über den guten Geschäftsgang der letzten Wochen, nur im Vorzimmer des Chefs de Bakker sen. herrschte trübe Stimmung. Mareike war unzufrieden mit ihrer Rolle. Als Gespielin des Alten hatte sie sich schon rar gemacht, der war zudem geschäftlich stark beaufschlagt und hatte Besuche aus Südafrika und Russland empfangen.

Mareike hatte dabei als bewunderte Staffage gedient. Immer zugegen war auch Claas de Bakker, der Juniorchef, der ein auffälliges Interesse an ihr zeigte. Sie mochte den jungen Mann, war aber in der Vorstellung gefangen, der würde dem Vater nicht in die Quer kommen wollen.

Dem war aber nicht so, er lud sie ein zu einem abendlichen Souper auf seine Jacht, welche an der Beerms-Gracht lag. Mareike sagte gerne zu, vielleicht ergab sich daraus für sie eine Möglichkeit, aus dem Geschäft auszusteigen. Brille rief sie beinahe täglich an und verlangte neue Informationen. Er hatte ihr unter strengster Verschwiegenheit berichtet, dass er die Klunker zurückhabe.

Sie fuhr mit dem Fahrrad zur Beerms-Gracht und wurde dort schon von Claas empfangen. Er gab den großen Gastgeber und hatte einen Serviceman für die Küche bestellt. Mareike staunte über die prächtig eingerichtete Yacht und ließ die Liebkosungen von Claas, auf die er zur Begrüßung nicht verzichten mochte, geduldig über sich ergehen. Der Serviceman, dem Aussehen nach ein Molukke, servierte ein exquisites Abendessen, bestehend aus einem Shrimpssalat mit Früchten als Vorspeise und einem Gericht aus dem Wok, einem Reisgericht mit Geflügelfleisch und vielen frischen Zutaten, die Mareike nicht benennen konnte, aber es schmeckte hervorragend. Dazu gab es jungen Rheinwein, ein Riesling aus St. Goar, wie Mareike dem Flaschenetikett entnahm.

Mareike genoss das Essen ebenso wie die spürbare Zuneigung von Claas, die ja keinesfalls selbstverständlich war, auf Grund der besonderen Situation, in der sie sich befand. De Bakker schickte den Serviceman mit einem ordentlichen Trinkgeld nach Hause. „Der gemütliche Teil des Abends beginnt", sagte er lachend zu Mareike. Sie verhielt sich reserviert: „Falls er mehr will, muss ich ihn enttäuschen, so schnell geht das nicht", dachte sie.

Claas, ganz Gentleman, bemerkte ihre Zurückhaltung und bedrängte sie nicht weiter. Es wurde ein wunderschöner Abend, bei dem sie sich austauschten, über die Firma, gemeinsame Bekannte und das Tagesgeschehen. Zum Abschied gab es Küsschen, das ja, aber mehr nicht. Eine nächste Einladung für den kommenden Mittwoch wurde ausgesprochen und Mareike stimmte zu.

In der Eenden-Gracht herrschte hektische Betriebsamkeit, Krake war aus Deutschland zurück und hatte gute Nachricht mitgebracht. Was genau, wusste die Belegschaft nicht, der Chef war jedenfalls in guter Stimmung. Außerdem war eine Sendung Drogen angekommen, getarnt als eine Kiste mit Elektroteilen, die schnellstens auf den Verteilerweg gebracht werden mussten, damit sie aus dem Haus verschwanden. Brille gab seinen Spezialisten den Auftrag die Sendung umzupacken in 30 kg Kartons und mit einem Aufkleber „Ersatzteile HANDLE WITH CARE" zu versehen.

Er freute sich über die zurückgebrachten Klunker, die einen Wert von etwa 1 Mio. Gulden hatten. Er hatte Krake einen Extrabonus von 1000 Gulden in bar gegeben und ihm für den Rest der Woche freigegeben. Über den Wert der Beute hatte er keine Angaben gemacht. Aber Mareike rief er an und teilte ihr unter dem Siegel der Verschwiegenheit die gute Nachricht mit. Das war leichtsinnig und er bereute es sofort wieder, aber zu spät.

Krake war sofort zurück zu seiner Favoritin Stientje gefahren und hatte ihr seinen Mörderlohn in den Ausschnitt ihres mächtigen Busens gesteckt. Sie war begeistert, riss ihm die Kleidung vom Leib und zerrte ihn unter die Dusche. Wehren gegen diese Masse Weiblichkeit konnte und wollte er sich nicht. Nachdem sie sich selbst so weit wie nötig frei gemacht hatte, wurde er gründlich abgeseift und mit der Bürste bearbeitet. „Halt aus, das

Beste kommt noch", sagte sie, während sie kniend mit seinem Körper beschäftigt war.

Sie trocknete ihn ab und er legte sich auf ihr Geheiß aufs Bett. „Eine Zudecke brauchst du nicht, das mache ich", sagte sie und legte sich auf ihn. Mit ihren ausladenden Maßen bedeckte sie seinen mageren Körper vollständig. Was dann kam war die unverdiente Belohnung für den abscheulichen Mörder.

Pasquale del Pietro, genannt Brille, war nach kurzer Hochstimmung, unzufrieden mit sich und der Welt: die Geschäfte liefen nicht so, wie er sich das vorstellte. Nachfrage nach seiner Handelsware, harten Drogen, gab es genug, aber seine Vertriebswege liefen nicht zufriedenstellend. Er beschloss eine Rundreise durch die Niederlande und die Nachbarländer zu machen, um neuen Schwung in das Geschäft zu bringen. Das war notwendig, denn von seinen Aufpassern, den „Klammeraffen" im Süden, wie er sie insgeheim nannte, waren schon drohende Worte gekommen. Bevor die ihm einen unangenehmen Konkurrenten vor die Nase setzten, musste er handeln.

Aber vor einer Rundreise musste er das Problem „Mareike" lösen. Die Dame wollte nicht mehr so, wie er das vorgab. Sie hatte seinen letzten Anruf einfach abgebrochen und lieferte keine Informationen mehr. Sein Späher hatte ihm von ihrer Einladung auf die Yacht des de Bakker jn. an der Beerms-Gracht berichtet, Ungehorsam, das wollte er ihr austreiben. Ein entsprechender Auftrag ging an Krake.

Mareike Smit war mit dem Fahrrad auf dem Weg zu ihrem neuen Rendezvous mit Claas. Sie hatte den Entschluss gefasst mit Brille und dem Drogengesindel zu brechen. Das würde nicht einfach werden und dazu brauchte sie Hilfe. Claas empfing sie auf der Yacht sehr herzlich mit Umarmung und Küsschen. Diesmal waren sie alleine, er hatte keinen Service Mann bestellt.

Sie sah ihn prüfend an, nach einem vergnügten Lust und Liebe Abend war ihr nicht. War er der richtige Mann zu ihrer Unterstützung gegen Brille und Co? Sie hatte ihn auf dem Vorweg gebeten, kein komplettes Abendessen, sondern wenn, dann nur einen Imbiss zu spendieren. Es gab einen fein zubereiteten „Jonge Hering", dazu eine tüchtige Portion Nordseekrabben, schmeckte vorzüglich und Mareike blieb Gelegenheit ihr Thema bei einer Tasse Kaffee und einem jungen Genever vorzutragen.

„Claas, mein lieber Freund", begann sie, „ich muss ein ganz ernstes Thema mit dir besprechen und hoffe, du hast Verständnis und kannst mir weiterhelfen." Sie erzählte die Vorgeschichte ihrer Tätigkeit bei ihrem damaligen Chef, Brille genannt, und wie er sie mit Drohungen dazu gebracht hatte bei de Bakker zu spionieren. Auch, dass sie die Lage der Alarmanlage und den Aufbewahrungsort der Brillanten an Brille verraten hatte aus Angst vor körperlicher Gewalt, die er angedroht hatte, verschwieg sie nicht.

„Bisher habe ich es nicht geschafft aus diesem Teufelskreis auszubrechen", fuhr sie fort und brach in Tränen aus. Er ergriff über den Tisch ihre Hand: „Erzähle weiter, ich werde dir helfen." Es dauerte eine Zeitlang, bis sie fortfahren konnte: „Brille ahnt bestimmt schon, dass ich nicht mehr mitmachen will, ich bin nicht mehr sicher vor ihm und seinen Helfern, ich weiß zu viel von ihm. Ich muss mich verstecken, aber wo? Und was sage ich deinem Vater?"

Claas antwortete: „Vater überlasse mir, ein Versteck finden wir schon. Es gibt noch die Möglichkeit, dass du dich an die Polizei wendest und dich unter Zeugenschutz stellst. Immerhin deckst du ja einen Drogenhandel auf." Mareike saß mit gesenktem Kopf, traurig da. Claas hielt es nicht mehr auf seinem Platz, er turnte um den Tisch, setzte sich neben sie und nahm sie in den Arm: „Nicht traurig sein, das kriegen wir schon hin."

0 9
GANOVENRACHE

Vergeben und vergessen
Ist die Rache des braven Mannes.
Friedrich Schiller (1759-1805)

Claas hatte den Abend ganz anders geplant, Mareikes Sorgen waren aber auch seine Sorgen. Sie bestand darauf mit dem Rad zu ihrer Wohnung zu fahren, obwohl er Bedenken wegen ihrer Sicherheit hatte.

Wie berechtigt diese Bedenken waren, hätte er einem Gespräch in Brilles Büro entnehmen können. Dorthin war Krake bestellt worden. Was es mit seinem Chef zu besprechen gab, wusste er nicht. Als dieser ihm seinen nächsten Auftrag gab, war der abgebrühte Gauner erstaunt, das hatte er nicht erwartet.

Er fuhr mit einem Kastenwagen seiner Firma zur Beerms-Gracht und legte sich auf die Lauer, nachdem er sich überzeugt hatte, dass Mareikes Fahrrad an der Reling der Yacht stand. Seine Geduld wurde nicht auf die erwartete harte Probe gestellt, schon um 22:00 Uhr kam sie an Deck, schloss ihr Fahrrad auf und verabschiedete sich von ihrem Gastgeber. Claas verschwand wieder unter Deck, er wollte sich ebenfalls auf den Heimweg machen. Er hatte vorsorglich einen der Aufpasser aus dem Geschäft des Vaters bestellt, der Mareike unauffällig folgen sollte auf ihrem Heimweg, das erschien ihm wichtig in dieser abgelegenen Hafengegend.

Krake folgte Mareike unauffällig. Als sie einige Straßen weiter vom Rad stieg und den Hausflur betrat, packte er sie von hinten und presste ihr ein mit Chloroform getränktes Tuch vor den Mund. Sie wehrte sich verzweifelt, doch sehr schnell ließen ihre Kräfte nach und sie fiel in tiefe Bewusstlosigkeit. Krake prustete: „O weh, das ist ein kräftiges Mädel." Er packte sie unter den Armen, schleifte sie in den Kastenwagen und fuhr los. Benno Wilders, der von Claas bestellte Aufpasser sah den Kastenwagen gerade noch anfahren, wusste aber nichts von Mareike Smit und folgte ihm instinktiv.

Krake hielt am Ende der Gracht vor einem Schuppen. Das Schuppentor wurde geöffnet, der Kastenwagen fuhr hinein und das Tor wieder geschlossen. Benno Wilders wartete etwa ¼ Stunde, nichts geschah und er fuhr zurück zur Yacht von de Bakker jn., den er gerade noch antraf, er war auf dem Heimweg. Sie fuhren zu Mareikes Wohnung, das Fahrrad stand im Hausflur, auf ihr Klopfen und Klingeln an der Wohnungstür meldete sich niemand. Bei Claas klingelten alle Alarmglocken: „Wir fahren nochmal zu dem Schuppen, der Sache müssen wir auf den Grund gehen."

Mareike wurde langsam wach, verschwommen sah sie zwei Gestalten vor sich, konnte aber noch nicht sprechen. Dann wurde ihr Blick klarer, sie konnte sprechen und erkannte Brille und Krake. Sie saß auf einem Stuhl, wollte aufstehen, konnte aber nicht, da ihre Unterarme an die Stuhllehnen gefesselt waren.

Brille trat vor sie hin, in der Hand hielt er eine Zange: „Mareike, Herzchen. Dass wir uns so wiedersehen müssen, Du bist mir untreu geworden, was hast du dir dabei gedacht? Jetzt muss ich dich bestrafen, wie es in unserer Organisation üblich ist." Mareike zitterte: „Was soll das heißen, dazu hast du kein Recht."

Brille lächelte und gab Krake einen Wink. Der presste die linke Hand Mareikes auf die Stuhllehne, Brille packte den kleinen Finger und trennte mit einem kräftigen Schnitt der Zange, das letzte Glied ab. Mareike schrie vor Schmerz laut auf. Brille lachte: „Siehst du eine saubere Sache. Derjenige, der diese Form der Strafe in unserer Organisation erdacht hat, muss heute noch gelobt werden." Er reichte Krake die Zange: „Verbinde ihre Wunde. Sie gehört dir, du kannst machen mit ihr, was du willst." Damit verschwand er durch eine Hintertür, Krake hörte den Motor seines Wagens.

Unschlüssig sah er sie an, sie jammerte leise vor sich hin und hatte sicher Schmerzen. Er holte Verbandszeug aus einem Schrank und wollte ihre Wunde verbinden, doch so weit kam er nicht. Am Schuppentor krachte es, das Tor sprang auf, Claas und sein Helfer standen davor und starrten fassungslos auf die gefesselte Mareike. Krake lief wieselflink zur hinteren Tür und verschwand. Als Claas sich über Mareike beugte und die Fesseln löste, dröhnte der Motor seines Skoda auf und weg war er.

Claas und Benno handelten schnell und entschlossen, sie verbanden ihre Wunde notdürftig, trugen die unter Schock stehende junge Frau zum Auto und fuhren mit ihr zum nächstgelegen „Ziekenhuis Haven", wo sie die nötige Versorgung erhielt.

Noch im Krankenhaus erschien die Polizei und eine Anzeige wurde von Mareike erstattet. Claas de Bakker berichtete dem Diensthabenden Polizeikommissar, dass Mareike weitere wichtige Aussagen zu Lasten eines Drogenhändlerrings machen wolle und bat um Zeugenschutz für sie. „Das kann nur ein Richter veranlassen", antwortete Kriminalkommissar Rotheer, versprach aber Polizeischutz mit den im Einsatz befindlichen Streifenwagen.

Mareike ging es so weit gut, sie stand aber noch unter Schock durch die erlittene Untat. Claas brachte sie zu ihrer Wohnung, wo sie sich an ihn klammerte, und bat bei ihr zu übernachten, sie würde sonst vor Angst vergehen. Claas entließ seinen Helfer, der ihn am folgenden Morgen abholen wollte. Er übernachtete bei ihr auf dem Sofa im Wohnzimmer und Mareike war beruhigt. Sie berichtete ihm noch wer ihre beiden Peiniger waren und beschrieb die Örtlichkeit ihrer Wohnungen, nannte die richtigen Namen und ihre Namen in der Organisation ihrer dunklen Kreise. Nämlich Pasquale del Pietro und Hennig Suter, Angaben, die sie auch bei der Polizei machen wollte.

10
BRILLE FLIEHT

*Jeder ist ein Mond und hat eine dunkle Seite,
die er niemandem zeigt.*
Mark Twain (1835-1910)

Hektische Betriebsamkeit an der Emden-Gracht. Nachdem Mareike befreit war, wie Krake ihm berichtete, ließ Brille noch in der Nacht seinen ganzen Drogenvorrat aus dem Haus schaffen. Die heiße Ware wurde verteilt auf 10 Zwischenlager. Für Brille selbst gab es nur eins: Flucht aus Amsterdam, dass Mareike über ihn und sein schmutziges Geschäft bei der Polizei aussagen würde, darüber war er sich im Klaren.

Die Klunker nahm er mit, sonstige Wertsachen deponierte er in den versteckten Wandtresor in seinem Büro, den Schlüssel und den Code zum Öffnen vertraute er seinem Gorilla Nr. 1 an, mit der Weisung, nur bei Feuer oder sonstiger Katastrophe im Haus den Safe zu leeren und den

Inhalt in Sicherheit zu bringen. Er setzte großes Vertrauen in den Mann, was nicht seiner Treue zu ihm entsprang, sondern dessen Wissen um die Folgen einer Untreue. Krake, dessen Identität keiner kannte, gab er die Order: „Du bleibst in deiner Bude bei deiner dicken Matratze und rührst dich nicht. Neue Order kommt von mir."

Sein Entschluss stand fest, er würde eine Geschäftsreise mit unbekanntem Ziel unternehmen. „Aber was mache ich mit der Braunen?", damit meinte er seine neue Sekretärin Hagal Yasu. Bisher war er noch nicht so richtig warm geworden mit ihr, andere Dinge hatten ihn stark in Anspruch genommen. „Das Beste wird sein, sie mitzunehmen, dann habe ich sie unter Kontrolle und noch dazu meinen Spaß mit ihr." Als Ziel wählte er, verblüffend einfach, die Seestadt Bremerhaven. Er fuhr mit ihr Richtung Norden und mietete in Groningen ein unauffälliges Auto mit Bremerhavener Zulassung, einen Opel Meriva. Hagal war sichtlich angetan von der Reise mit dem Chef, im Büro hatte sie wenig zu tun, sie hatte Langeweile. Dass es jetzt eine Flucht war, auf der sie sich befanden, ahnte sie natürlich nicht. In Bremerhaven belegte er ein Doppelzimmer im Hotel Landherberge.

Rainer Möhler von der Kripo Bremerhaven kam nicht weiter mit seinem Mordfall an dem Schifffahrtskaufmann Robert Müller. Aus Zingst bzw. Barth kam keine klärende Nachricht und die holländische Polizei hatte keine Spur von dem Mörder entdeckt. Weder das Foto noch die Fingerabdrücke brachten Klärung, die fragliche Person gab es einfach nicht. Man erkannte in Amsterdam richtig, dass der Täter unter falschem Namen agierte und bisher nicht straffällig geworden war, da er nicht in der polizeilichen Kartei war. Man war auf Kommissar Zufall angewiesen.

Rainer wollte sich darauf nicht verlassen und kontrollierte die Anmeldung ausländischer Besucher in den örtlichen Hotels. Seit seinem jüngsten Fall vermutete er auch hier einen Zusammenhang mit Drogenschmuggel. Er konnte sich nicht vorstellen, dass das Drogenkartell das lukrative Geschäft über Bremerhaven aufgeben würde. Er wusste, dass Freund Jost Berendsen ein waches Auge seitens der Zollfahndung auf verdächtige Transporte über den Containerterminal hatte, denn auch dort waren die Sinne geschärft nach den gehabten Schmuggelfällen.

In Amsterdam in der Cornelis Gracht gab es einen de Bakker sen., der äußerst erregt war. Sohn Claas hatte ihm von Mareikes Vorleben berichtet, allerdings nur das Nötigste und, dass sie jetzt körperlich bestraft worden war von ihrem früheren Gebieter. Der Alte war außer sich, in seinem honorigen Unternehmen musste das passieren und er hatte sich von den körperlichen Reizen der jungen Frau blenden lassen. Er schalt sich selbst einen alten Narren. „Kein Wort darf nach außen dringen, sonst ist unser guter Ruf dahin", schärfte er seinem Junior ein. „Keine Sorge, Vater, niemand erfährt etwas", beruhigte ihn der Junior.

"Gib dem Weib 1000 Gulden und verpflichte sie zu absolutem Schweigen." „Das erledige ich, keine Sorge." Erstaunlich war, keiner der beiden Männer gab Mareike schuld an dem Geschehen, sie hatten sie als junge Frau mit guter Erziehung kennengelernt. Schuld war der verbrecherische Drogenhändler Pasquale del Pietro. „Und wenn die Polizei hier ermittelt, gibt es nichts, was von unserer Seite Anlass zu einer Anklage geben könnte. Das würde uns nur ins Gerede bringen und unseren Wettbewerb freuen."

Claas gab sich einen Ruck: „Vater, ich möchte dich um Urlaub bitten", der Alte sah ihn überrascht an: „Warum gerade jetzt?" „Ich habe in diesem Jahr noch keinen freien Tag gehabt, einmal ausspannen würde mir guttun. Vorher regele ich noch, dass Mareike hier nicht mehr auftaucht. Meine Rufnummer hast du, falls du Unterstützung brauchst." „Wie lange willst du wegbleiben und wohin soll die Reise gehen?" „Gib mir 14 Tage, ich bleibe im Land."

Der Alte nickte und Claas verabschiedete sich artig. Sein nächster Weg führte ihn zu Mareike, mit der er alles Notwendige im Sinne seines Vaters und der Handelskompanie de Bakker regelte.

Die Wunde am Finger heilte gut, nachdem ein geschickter Chirurg die Haut über die Fingerkuppe gezogen und vernäht hatte. „Fäden ziehen in 2 Wochen", hatte er ihr noch mit auf den Weg gegeben, „das können Sie aber auch selbst machen, sofern keine Komplikationen im Heilungsprozess auftreten und Sie eine sterilisierte Pinzette zur Hand haben."

Claas wollte am übernächsten Tag wieder bei ihr sein und sie zu einer kleinen Erholungsreise abholen. Sie lächelte ihn glücklich an, das war in ihrem Sinne. Die Aussagen bei der Polizei hatte sie gemacht und ein Tapetenwechsel konnte ihr nur guttun.

Bei Kommissar Möhler klingelten die Alarmglocken, Hotel Landherberge aus dem Bremerhavener Süden rief an und meldete entsprechend der Vereinbarung die Ankunft von Herrn Pasquale del Pietro mit niederländischem Pass und einer Frau Hagal Yasu, welche einen Pass aus Äthiopien vorlegte. Warum er misstrauisch war, wusste er selbst nicht. Es war einfach so ein Gefühl, eine kriminalistische Ahnung, Drogen??

Eine Nachricht aus Amsterdam brachte eine Wendung in das Geschehen. Kriminal Kommissar Rotheer meldete einen Mord, der möglicherweise mit dem Mord in Zingst in Verbindung steht. Ein Hennig Suter war erschossen in seiner Wohnung aufgefunden worden. Nach vorheriger Aussage von Mareike Smit war er enger Mitarbeiter von ihrem früheren Chef Pasquale del Pietro und hatte diesem kürzlich eine Kollektion Brillanten abgeliefert. Die Namen der beiden in der Szene hatte sie ebenfalls zu Protokoll gegeben mit Krake bzw. Brille. Der Täter war flüchtig, er hatte die Lebensgefährtin Stientje Kraus des Ermordeten gefesselt und geknebelt am Tatort zurückgelassen. Da musste es sich um einen kräftigen Täter gehandelt haben, Stientje hatte einen beträchtlichen Umfang und damit auch ein entsprechendes Gewicht.

Frau Kraus konnte keine näheren Angaben über den Täter machen, er war maskiert. Nur, dass es sich um einen Mann mittlerer Größe gehandelt hatte, der einen sportlichen durchtrainierten Eindruck machte. Sie stand noch unter Schock, weitere Vernehmungsergebnisse sollten folgen. Bei dem Mordopfer war auffällig, dass ihm ein Fingerglied des linken kleinen Fingers fehlte, bekannt als Strafe für Verfehlungen in Ganovenkreisen. Das Gleiche war auch bei Mareike Smit festgestellt worden, sie hatte einen häuslichen Unfall an einer Küchenmaschine als Ursache angegeben.

War damit der Mordfall in Zingst geklärt? Für Rainer Möhler stand das fest, wie sollte der Krake genannte Mitarbeiter des del Pietro sonst an die Edelsteine gekommen sein? Mareike hatte ausgesagt, dass er sie an del Pietro abgeliefert hatte. Er informierte, stimmte sich ab, in einer Telefon Konferenz mit seinen Kollegen in Zingst und Amsterdam. Bliebe noch „Brille", den nahm er sich für den nächsten Tag vor. Dazu informierte er auch Jost Berendsen von der Zollfahndung, denn nach der Aussage von der Frau Smit in Amsterdam war der del Pietro auch in Drogenschmuggel verwickelt.

Mareike war glücklich, ihr neuer Favorit Claas hatte sie abgeholt und war mit ihr über den Abschlussdeich nach Norden gefahren, endlich ließ sie Amsterdam hinter sich und konnte wieder frei atmen. Sie machten Kaffeepause in Sneek und fuhren dann ins Ausland. Sie machte sich keine Gedanken darüber, welches Land das war, Hauptsache raus aus dem Sumpfloch Amsterdam. Bemerkt hatte sie den Grenzübertritt nur an den unterschiedlichen Ortsschildern. Sie fuhren natürlich nach Deutschland.

Er mietete ein Doppelzimmer im Hotel HavenRand in Bremerhaven, Mareikes Traum ging weiter. „Mareike, Liebste, ich muss mich allerdings für den Rest des Tages verabschieden und einen Kunden besuchen. Du brauchst dich nicht zu ängstigen, hier droht keine Gefahr, hier kennt dich niemand. Mach doch einen Spaziergang, einen Prospekt mit den Sehenswürdigkeiten findest du bestimmt in der Lobby des Hotels." „Ja, das werde ich", antwortete sie und er fuhr ab.

Als Kommissar Möhler und Zollinspektor Berendsen am nächsten Tag im Hotel Landherberge nach dem del Pietro fragten, war dieser nicht da. Eine Verständigung mit seiner Begleitung war schwierig, die Dame sprach nur schlecht Holländisch und Englisch, jedenfalls so viel konnten sie erfahren, dass der Gesuchte im Laufe des Nachmittags zurück sein wollte. Rainer Möhler bestellte seinen Mitarbeiter Schmidt und einen Polizisten, die auf ihn warten und zu einer Vernehmung ins Kommissariat bringen sollten.

Für Rainer Möhler häufte sich die Arbeit, vom Hotel HavenRand kam eine weitere Meldung über die Ankunft eines Paares aus Amsterdam. Ein Claas de Bakker und eine Frau Mareike Smit wurden gemeldet. Er entschloss sich sofort zu handeln, fuhr zu dem Hotel und brachte Frau Smit zu einem Gespräch mit in das Kommissariat. Er beruhigte die sehr aufgeregte und gut aussehende junge Frau: „Es ist lediglich ein Informationsgespräch. Ihre Aussage haben Sie ja in Amsterdam schon gemacht. Ich werde dem Kollegen in Amsterdam Ihren Aufenthalt in Bremerhaven bekannt geben, dann kann er sich an uns wenden, wenn etwas vorliegt."

In dem folgenden Gespräch erfuhr er nichts wesentlich Neues und er begleitete sie zum Ausgang, um sie zurückbringen zu lassen. Dabei passiert eine Panne, die unbedingt hätte vermieden werden müssen. Auf dem Flur begegnete ihnen Kommissar Schmidt, der den del Pietro ins Kommissariat brachte. Für Mareike ein Schock, Rainer ging mit ihr vor die Eingangstür: „Das war der del Pietro", sagte sie mit schwacher Stimme. „Keine Sorge, wir bleiben in Kontakt", konnte er ihr noch mit auf den Weg und seine Telefon Nummer geben, dann musste er zu seinem nächsten „Kunden", dem del Pietro.

In dem folgenden Gespräch ergaben sich ebenfalls keine neuen Fakten zu den Straftaten in Holland. Der del Pietro, der ebenfalls sehr gut deutsch sprach, wies darauf hin, dass die Polizei in Amsterdam sein Büro durchsucht und Verdacht auf Drogen sich nicht bestätigt hatte. Rainers Hinweis auf einen Verdacht auf Drogen war damit beantwortet: „Das sind nur Vermutungen, die in keiner Weise zutreffen", sagte der Befragte abschließend dazu. Rainer machte ihm die Auflage, am Ort zu bleiben und Ortswechsel nur nach vorheriger Absprache mit der örtlichen Kripo vorzunehmen.

Mareike hatte den Schock noch nicht überwunden, als sie im Hotel zurück war. Sie bestellte eine Taxe, Ziel Hauptbahnhof. Dort löste sie eine Fahrkarte nach Bremen, das passte, der nächste Zug fuhr 15 Min. später ab. In der Hansestadt erfragte sie bei der Auskunft das nächstgelegene Hotel und belegte ein Zimmer im Hotel Zur Post. Sie rief Rainer Möhlers Nummer an und hatte Glück, er war am Platz und bass erstaunt, die junge Dame saß ihm doch noch vor 2 Stunden gegenüber und war jetzt in Bremen!

Mit immer noch zitternder Stimme berichtete sie ihm, dass sie es im Hotel vor Angst nicht mehr ausgehalten habe. „Der del Pietro bringt mich um, er denkt, ich bringe ihn ins Gefängnis, wenn er mich laufen lässt." Rainer fasste einen schnellen Entschluss: „Bleiben Sie in Ihrem Zimmer, ich lasse Sie abholen und an einen sicheren Ort bringen." Auf der anderen Seite glaubte er förmlich den erleichterten Seufzer zu hören. „Ich kann Sie allerdings nicht selbst abholen, sondern schicke den Kriminalkommissar Schmidt zu dem Sie volles Vertrauen haben können." Schmidt machte sich auf den Weg, wies sich im Hotel als Kriminalbeamter aus und konnte die Formalien schnell regeln, keine Kosten für Mareike.

Für den Junggesellen und Kriminalkommissar Bernd Schmidt war die erneute Begegnung mit Mareike ein besonderes Erlebnis, die einfache, klare Schönheit von Mareike hinterließ einen tiefen Eindruck bei ihm. „Warum habe ich nicht längst eine solche Partnerin gefunden?", fragte er sich. Er beruhigte die aufgeregte junge Frau durch ein Gespräch über belanglose Alltagsdinge und bedauerte, als er sie bei Rainer Möhler ablieferte. „Der ist verheiratet, soll seine Finger von ihr lassen", dachte er, „ich werde Kontakt mit ihr halten, werde es jedenfalls versuchen."

Rainer hatte keine Absichten in diese Richtung mit Mareike, er wusste keine Bleibe für sie und brachte sie einfach erst mal zu seiner Frau in die eigene Wohnung. Ruth fiel aus allen Wolken, da kam ihr Angetrauter mit einer fremden Frau daher. Und was für eine Schönheit, ein Idealbild von einem holländischen Meisje. Eifersucht verspürte sie keine, sie wusste um ihre eigenen Vorzüge. Außerdem sollte es nur eine kurze Einquartierung sein.

11
SCHURKENPLÄNE

*Werte kann man nicht lehren,
sondern nur vorleben.*
Viktor Frankl (1905-1995)

Claas hatte einen Auftrag seines Vaters zu erledigen: „Wenn du nach Bremerhaven kommst, besuche den Juwelier Schierstein & Sohn, einen alten Kunden von uns." Diesem Auftrag kam er nach und besuchte die Familie Schierstein in der Innenstadt, die hoch erfreut über seinen Besuch war und ihn den ganzen Nachmittag über festhielt und bewirtete. Ein Abschlussauftrag kam nicht zustande, aber die Kontakte waren enger geknüpft, nachdem man sich die vergangenen Jahre etwas aus den Augen verloren hatte.

Zurück im Hotel teilt der Pförtner ihm mit, dass seine Begleiterin ausgecheckt habe und sich wieder bei ihm melden wollte. Wohin sie sich gewandt habe, konnte er nicht sagen. Claas war fassungslos, was war da passiert, er war mit Mareike total einig gewesen. Kurz entschlossen rief er bei der Polizei an. Er wurde weiter verbunden und landete bei Kriminalhauptkommissar Möhler. Das war sein Glück, denn dort erhielt er Auskunft über den Verbleib seiner Partnerin Mareike: „Herr de Bakker, ich kann Ihnen die gewünschte Auskunft am Telefon nicht geben, Sie müssen in das Kriminalkommissariat kommen. Sie können aber ganz beruhigt sein, es geht ihr gut." Es wurde ein Termin für den nächsten Vormittag vereinbart.

Zurück im Hotel wurde Del Pietro alias „Brille" sofort aktiv. Er checkte aus und fuhr mit seiner Sekretärin zum Bahnhof, löste eine Fahrkarte nach Amsterdam.: „Du fährst nicht nach Amsterdam, das machen wir aus Tarnungsgründen, hier kannst du nicht bleiben, ich habe eine Menge zu erledigen und keine Zeit für dich. Ich habe eine Aufgabe in Groningen für dich." Das war ihr gar nicht recht, mit dem Chef auf Urlaub fahren ja, aber wieder in das langweilige Büro, wo sie keinen kannte, das war nicht ihr Ding. Aber bevor sie lange meckern konnte, fuhren sie schon ab Richtung Groningen.

Brille stellte sich zwei Aufgaben, er musste Mareike ausschalten, die schwerwiegende Anschuldigungen gegen ihn verbringen konnte, wenn sie die Augen, während der Zeit bei ihm, offengehalten hatte und er musste den Vertriebsweg seiner heißen Ware nach Göteborg wieder aktivieren. Letzteres war dringend erforderlich, wenn er nicht seine Stellung im Kartell aufs Spiel setzen oder gar verlieren wollte. Sein unverdientes Glück war, Mareike mauerte, sie gab nur wenig Preis aus Angst, dass sie sich selbst reinreiten und belasten könnte.

Brille fuhr mit seiner Flamme nach Groningen und aktivierte das alte Lager des Henk Below wieder für seine Zwecke. Nachdem dieser sein Leben lassen musste, war eine „Meststoffen SA" aus dem Kartell als Eigentümer aufgetreten, hatte das Gebäude übernommen, es stand jetzt leer. Er stellte alte Mitarbeiter wieder ein, bei ordentlicher Entlohnung und leitete die in Amsterdam zwischengelagerten Drogenpakete um nach Groningen. Sie direkt nach Bremerhaven umzuleiten, das war ihm zu riskant nach der jüngsten Pleite im Zusammenhang mit der Englandfähre.

Freundin Hagal schärfte er ein: „Wir haben hier einen Düngemittelhandel, es kommen Pakete aus Amsterdam an und werden weiter verschickt. Die eingestellten Männer wissen Bescheid, du sollst nur darauf achten, dass alles seinen geraden Gang geht. Und keine Liebeleien mit dem Personal, dafür bin nur ich zuständig." Geduldig beantwortete er ihre Fragen, sie war natürlich unsicher. Zum Schluss nahm er sie in den Arm und deutete ihr an, was alles zwischen ihnen möglich wäre. Bevor er zurück nach Bremerhaven fuhr, verdonnerte er seine neue Mannschaft, es waren vier Männer mittleren Alters, sie absolut zu unterstützen und: „Finger weg von ihr!" Damit war alles gesagt. Er brauste ab.

In Bremerhaven führte sein Weg direkt zum „Schrägen Eck", den Namen kannte er noch und Auskunft geben, wo diese Gastronomie zu finden ist, konnte jeder. Es war 18:00 Uhr und der Wirt hatte gerade geöffnet. Er erkundigte sich nach Harm Horkert, der ein alter Bekannter von ihm sei, wohl wissend, dass der nicht mehr auf diesem Planeten wandelte. Ihm lag aber daran über dessen Freunde wieder an eine verlässliche Mannschaft in Bremerhaven zu kommen. „Da kommen Sie ein Jahr zu spät, der ist in den ewigen Jagdgründen", sagte der Wirt lachend, der aber mit Harm einen guten Kunden verloren hatte.

Brille gab sich betroffen und der Wirt ergänzte: „Haben Sie etwas Geduld, gleich erscheint hier sein Kumpel Kalle von dem können Sie alles erfahren und mit dem können Sie alles besprechen." Geduld war keine ausgeprägte Eigenschaft von Brille, hier musste er eben warten. Er ging zum Automaten und riskierte eine Mark, natürlich ohne einen Gewinn zu erzielen. Ein Kerl breit und Muskel bepackt kam mit einem Kumpel. Der Wirt wies ihn an Brille, der ging zu ihm: „Was willst du? Ich hab deine Fresse hier noch nicht gesehen. Spucks aus, am besten du schmeißt ´ne Runde, bevor du deine krumme Fresse aufmachst."

Das tat Brille und was er dem Grobian dann erklärte, machte einen ganz neuen Kerl aus ihm. Hier war die Chance für ein lukratives Geschäft, zwar nicht ganz legal, aber ohne große Plackerei. „Ich bin dabei, auf mich können Sie sich verlassen." Er deutete auf seinen Kumpel, der am Tresen saß: „Harry macht auch mit." Der grinste und nickte mit dem Kopf, offenbar hatte er Wortfetzen mitgehört. Er regelte eine großzügige Bezahlung mit seinen beiden neuen Gehilfen und hatte gleich einen Auftrag für Kalle: „Ich brauche eine Wohnung mit Lagerschuppen, die auf der anderen Weserseite gegenüber dem Containerterminal liegt." „Das ist ein Fall für Harry, der kommt aus Fedderwardersiel." Er winkte ihn herbei und der wusste auch sofort eine freie Wohnung bei Mutter Graefe mit angrenzender Scheune.

Er tauschte die Handy Nummer mit seinen neuen Kumpanen, spendierte noch eine Runde und verabschiedete sich Richtung Containerterminal. Er benutzte einen gefälschten Ausweis auf den Namen Benno Karlog, gab sich als Agent des Zubringerschiffes MV „Michel" nach Göteborg aus und erhielt problemlos

Zugang in den Terminal. Der Kapitän war ein Levantiner, die Besatzung Phillippinos. Mit Kapitän Leandros war er sich schnell einig, der würde die Sonderfracht Düngemittel übernehmen und nach Göteborg bringen: „Wie werde ich die Ware wieder los?", fragte er. „Kein Problem, wird in Göteborg abgeholt", beruhigte ihn Brille. Er einigte sich mit ihm bezüglich der Frachtkosten, welche über IBAN beglichen werden sollten. und verabschiedete sich.

12
PROBELAUF

*Geld ist nichts,
aber viel Geld ist etwas anderes.*
George Bernhard Shaw (1856-1950)

Mareike hatte sich in Ruths Wohnung eingelebt. Eine große Hilfe war ihr dabei Sohn Heiner und natürlich auch die Eltern, die immer freundlich und entgegenkommend waren. Heiner, der 8-jährige, hatte sie in Beschlag genommen, sie half ihm bei den Schulaufgaben und musste Karten mit ihm spielen, meist Mau-Mau.

Trotz aller Freundschaft ihrer Gastgeber wollte sie so schnell wie möglich wieder weg und auf eignen Beinen stehen. Sie hatte das Thema bei Rainer Möhler angesprochen und der hatte mit bedenklicher Miene gesagt: „Es ist weniger, dass du uns störst, viel größer ist die Gefahr, dass du in die Fänge der Drogenmafia gerätst. Ich habe dem Kriminalrat Dunker noch nicht gebeichtet, dass wir dich aufgenommen haben." „Ich könnte bei meiner Tante in Alkmaar unterkommen." „Das ist in Holland und damit noch gefährlicher für dich, lass´ mir noch etwas Zeit, wir werden eine Lösung finden. Heiner würde dich doch gar nicht weglassen", ergänzte Rainer lächelnd.

Brille hatte sich bei Witwe Graefe eingerichtet, sie war eine fürsorgliche Frau, knapp 70 Jahre und glücklich einen Mann im Haus zu haben, den sie umsorgen konnte. Er hatte sich als Benno Karlog vorgestellt. Die Wohnung und die Scheune lagen ideal für seien Zwecke, am Ortsrand Richtung Weserufer, hier würden seine Aktivitäten unsichtbar bleiben. Nur auf seine Wirtin musste er aufpassen, Frauen in ihrem Alter sind neugierig und wollen alles wissen.

Um seine Pläne voranzubringen, musste er noch einmal nach Groningen. Er nahm Kalle mit, der einen kräftigen Eindruck als sein Bodyguard machen sollte. Das tat er auch, Hagal Yasu betrachtete ihn misstrauisch. Die ersten Pakete aus Amsterdam waren angekommen, wie sie ihm stolz berichtete. Er telefonierte mit einem Elektronikladen, der sich auf Lastendrohnen spezialisier hatte und mit dem er schon einige „Deals" durchgezogen hatte.

„30 kg schaffen meine Geräte nicht, bei 20 ist Schluss", sagte Julian Bordt. Brille unterdrückte einen Fluch: „Dann müssen meine Rammler alles umpacken, ist aber halt nicht zu ändern." Er veranlasste das Notwendige und spannte Kalle mit ein. Dann brauchte er erst eine Entspannung und verschwand in Hagals Wohnung im ersten Stock.

Positiv war, dass „Bordt electronica" inzwischen ein Navigationssystem in die Lastdrohnen integriert hatte, welches die punktgenaue Ansteuerung eines mit einem Sender markierten Ziels gestattete. Er ließ Kalle am Ort zur Überwachung des Umpackens der „Düngerpakete", außerdem sollte er die erste Sendung mit nach seiner neuen Bleibe, Scheune Fedderwardersiel, bringen. Ein Lieferwagen stand dafür bereit. Er selbst startete zurück Richtung Bremerhaven.

Witwe Graefe machte zum Abendbrot für ihn und Helfer Harry ein Labskaus, der hervorragend mundete, Brille schnalzte mit der Zunge und steckte ihr einen Extratipp in den Busen. Am nächsten Tag, MV Michel war wieder da, fuhr er an Bord und lieferte bei Kapitän Leandros einen kleinen Peilsender ab, den er aus Groningen mitgebracht hatte. Eine ausführliche Gebrauchsanweisung gab er ihm mündlich. Er kündigte die erste Sendung für die nächste Schiffsankunft an und vereinbarte eine feste Uhrzeit. Der Kapitän ließ ihn nicht gehen ohne einen griechischen Kaffee und den dazugehörigen Ouzo.

Er war zuversichtlich, dass sein mit List und Tücke ausgesuchter Weg zum Schiff und damit Richtung Göteborg nicht so leicht entdeckt würde, seine Helfer mussten nicht durch die Zollkontrolle am Roten Sand in Bremerhaven und auch nicht durch die Kontrolle am Gate zum CC. Sein nächstes Ziel Mareike zu finden, konnte er so langsam in Angriff nehmen. Er war sicher, dass sie sich in der Obhut der deutschen Polizei in Bremerhaven befand. Aber erst musste der Probelauf erfolgreich bestanden werden.

Der spannende Moment kam schneller als gedacht. MV „Michel" lag auf Reede vor dem Containerterminal, der Empfänger meldete pünktlich die Anwesenheit zur vereinbarten Uhrzeit. Brille startete die erste beladene Drohne und holte sie nach der Entladezeit von 15 Minuten, wie vereinbart, wieder zurück. Den zweiten Transportvorgang überließ er seinen Gehilfen Kalle und

Harry, die das in Zukunft voll übernehmen sollten. Zufrieden wollte er ins Haus gehen, da sah er Frau Graefe, die hinterm Scheunentor stand und die Szene beobachtete.

Auf Brilles Ruf: „Was machen Sie hier?", fuhr sie erschrocken zusammen. Kalle hatte das ebenfalls gehört und sagte: „Ich kümmere mich um sie, Chef." Er ging auf sie zu, fasste sie am Ausschnitt: „Das ist nichts für dich Mädel. Du willst doch nicht die schöne Nebeneinnahme für Wohnung und Scheune schon wieder verlieren. Was gibt er dir im Monat?" „550 Mark", sagte sie zögernd, „und meine Person wäre dann auch weg", ergänzte er lachend und ließ eine Hand in ihrem Ausschnitt verschwinden. Sie sah ihn freundlich an: „Komm, ich weiß ein ruhiges Plätzchen für uns." Er war einverstanden, wollte aber so schnell noch nicht weg und setzte seine Erkundung ihres weiblichen Körpers erst mal fort. „Der guckt uns zu", sagte sie und er folgte ihr ins Schlafzimmer. Dort erlebte er sein blaues Wunder, von wegen alter Frau, von wegen sonntäglicher Kirchgängerin. Ein Vulkan fiel über ihn her, übernahm das Kommando und bedeckte ihn mit Liebkosungen. Er genoss es und sie sichtlich auch. „Da draußen ist nicht dein Platz, wenn du da wieder auftauchst, wird der Chef böse", gab er ihr zum Abschied zu bedenken. „Komm mal wieder", antwortete sie nur. Er ging runderneuert zurück zum Chef.

Rainers Frau Ruth dachte über Sinn und Unsinn von Vorschriften nach. Das betraf in ihrem Fall die Situation von Mareike, sie war in Not, man konnte auch sagen Gefahr und Ruths Ehemann, ein Polizeibeamter, durfte ihr nicht in seinem häuslichen Umfeld helfen. So hatte Rainer ihr das geschildert, wobei er ausgelassen hatte, weshalb sie denn in Not oder Gefahr war. Sie wollte auch nicht weiter in diesem Thema herumwühlen, Mareike war eine angenehme Person, an der gab es nichts zu mäkeln.

Die Flurtür klappte, der Herr Kommissar erschien und begrüßte Ruth und Sohn mit einem Schmatzer, Mareike mit einer Umarmung. Dann hatte er eine Überraschung für die erweiterte Familie: „Wir gehen heute Fischessen in die letzte Kneipe." sagte er mit fröhlichem Grinsen. „Juchhu, dann darf ich zu Oma Fernsehen gucken", jubelte Heiner. Sein Vater sah die Mutter zweifelnd an, die nickte schließlich und sagte, um die Euphorie etwas zu dämpfen: „Du musst aber bei Oma Kartoffeln schälen und eine biblische Geschichte vorlesen." Heiner nickte begeistert, er wusste bei Oma gab es solch schwere Arbeit nicht für ihn, Kartoffeln schälen, das machte sie selbst und vorlesen konnte sie hervorragend.

Oma war informiert und erwartete sie schon „Ich hole Heiner dann morgen früh zur Schule ab", sagte Rainer beim Abschied zu Oma. Und „Mach´ nicht so viel Unsinn", zu Heiner. Sie fuhren ein Stück am Deich entlang und zeigten Mareike die Weser und das gegenüberliegende Ufer vom Butenland. Dann ging es in die Gaststätte, die „Letzte Kneipe vor New York" genannt wird und sich einen guten Ruf als Fischgaststätte erworben hatte. Ruth kannte das schon, Rainer natürlich auch und Mareike war durchaus angetan von der urigen Atmosphäre.

Sie bestellten natürlich Fischgerichte, Ruth und Mareike Kabeljau mit Specksalat, Rainer das Gleiche dazu aber Rotbarsch. Es schmeckte vorzüglich und wurde mit Weißwein von den beiden Frauen und mit einem Tuborg Pils von Rainer runtergespült. Danach war in der ruhigen Ecke des Lokals Gelegenheit die gemeinsamen Probleme zu wälzen.

Mareike begann mit der Frage: „Wann kann ich wieder von Euch lieben Gastgebern weg, wann kann ich Euch von meiner störenden Anwesenheit befreien? Das ist mein erstes Anliegen." Rainer antwortete mit ernstem Gesicht: „Das ist eine Frage deiner Sicherheit. Es ist zu befürchten, dass das Nord-West Kartell der Drogenmafia hinter dir herjagt, in der Meinung, du kannst die alle hinter Gitter bringen mit Insiderwissen. Du bist erst wenige Tage bei uns und bevor sich diese Schlinge über dir nicht löst, musst du geschützt werden. Das muss nicht in unserer Wohnung sein, ich werde morgen Polizeirat Dunker vorschlagen, dass wir eine Wohnung anmieten und Mareike dort rund um die Uhr bewachen. Das ist natürlich wesentlich aufwändiger als meine Lösung, wir werden sehen, wie er entscheidet."

Rainer verschwieg dabei, dass es ein schwerer Gang für ihn werden würde, er hatte einer tatverdächtigen Person Unterschlupf gewährt, die streng genommen in Untersuchungshaft gehörte. Er würde dem Gespräch erst mal mit Ruhe entgegensehen und abwarten was sich daraus ergab.

Ruth wollte auch noch ihre Meinung sagen: „Mareike, du bist ein liebenswerter Besuch in unserer Familie, wir mögen dich alle. Du kannst aus dieser Sicht bleiben, wie es passt. Die rechtliche Seite, das muss Rainer auf Vordermann bringen." „Ich will Euch Miete für das Zimmer und die Verpflegung bezahlen, sagt mir, was Ihr pro Tag oder sonst wie bekommt." Da wusste Rainer wieder eine Antwort: „Machen wir, nur nicht mehr heute Abend. Jetzt trinken wir erst noch einen Verdauer auf den guten Fisch." „Das musste ja kommen", war Ruths Kommentar. Man einigte sich auf drei Linie, die alle genossen und zu ihrem körperlichen Wohlbefinden beitrugen.

Auf dem Heimweg im Auto und zu Hause gelang es Rainer wieder eine fröhliche Stimmung nach ihrem ernsten Gespräch herzustellen. Er erzählte von einem Kriminalfall in seiner Anfangszeit bei der Kripo. Dabei musste er einen Koffer aus der Geeste holen und fiel dabei ins Wasser. Seine Hose war ein Stück runtergerutscht und hinderte ihn am Schwimmen. kurz und gut zwei andere Kollegen mussten ins Wasser springen und ihn retten. Dieser Vorfall hatte ihn Jahre während seiner Dienstzeit begleitet und war damals wie heute Grund zu Gelächter. Zu Hause klang der Abend aus mit einem Rotwein.

13
BESUCH

Wenn etwas besser werden soll,
muss es anders werden.
Georg Christoph Lichtenberg (1742-1799)

Rainer kam am nächsten Tag nicht dazu mit dem Kriminalrat über Mareike zu reden. Erst wurde er mit Papierkram „zugeschmissen", dann hatte der Alte einen Termin in Bremen beim Senator. Er verschob das Gespräch auf den nächsten Tag. Als er das dann zu Hause erzählte, sah Ruth ihn zweifelnd an, hatte er nur vor der unangenehmen Aufgabe gekniffen?

Rainer lachte: „Nein, nicht gekniffen, der Alte war wirklich nicht da." Sie musste auch lachen und drückte ihn herzlich an sich. Es klingelte, Heiner öffnete die Flurtür. Ein fremder Mann wollte Papa sprechen. „Mein Name ist Claas de Bakker." Rainer stellte sich vor. „Ich suche meine Freundin Mareike Smit und frage, ob Sie mir helfen können?" Rainer fiel aus allen Wolken, er blieb aber vorsichtig: „Geben Sie mir bitte Ihren Ausweis, ich komme sofort wieder." Er ließ Claas vor der geschlossenen Tür stehen und ging zu Mareike, die in der Küche bei Ruth war.

„Mareike, kennst du diesen Mann?", fragte er und zeigte ihr den Ausweis. Sie erlitt einen Schock und nickte: „Das ist ein guter Freund, mit dem ich von Amsterdam hierhergekommen bin." „Er steht vor der Tür, geh und hol ihn in die Wohnung." Mareike konnte es nicht glauben, sie nahm Heiner an die Hand und öffnete die Tür. Dann kam sie mit Claas in das Wohnzimmer und musste sich erst einmal setzen nach dieser Aufregung. Claas entschuldigte sich, dass er so hereinplatzte, für Rainer war nur wichtig, wie er sie überhaupt gefunden hatte.

Das war ganz einfach gewesen, er hatte beim Kommissariat angerufen und nach dem leitenden Kriminalbeamten gefragt. Darauf hatte die Telefondame leichtsinnigerweise gesagt: „Leider ist Herr Möhler im Moment nicht am Platz, versuchen Sie es später noch einmal." Das hatte er nicht gemacht, er hatte im Einwohnerverzeichnis nachgesehen und sich einige Möhler-Adressen aufgeschrieben. Schon bei der dritten war er jetzt fündig geworden. Ruth machte Kaffee und die Stimmung entspannte sich. Mareike konnte einige Tränen nicht verhindern und Heiner schmiegte sich eng an sie, er wollte sie trösten.

Claas wollte Mareike gleich mitnehmen, aber Rainer sagte nein. „Das geht nicht, ich muss morgen früh mit dem Kriminalrat Dunker klären, wie es weitergehen soll. Sie ist ja hier praktisch unter Polizeischutz." Es wurde vereinbart, dass Claas um 17:00 Uhr wieder vorbeikommen sollte. Mareike verabschiedete sich im Flur von ihm.

Dann war Rainer um 17 Uhr wieder zu Hause und Claas stand schon vor der Tür. Im Wohnzimmer verkündete Rainer die Entscheidung des Alten: „Es liegt hier nichts vor gegen Frau Smit. Die eigenwillige Aktion des Kriminalhauptkommissars Möhler zu ihrem Schutz, sehe ich als sein Privatvergnügen an, sonst müsste ich ihn maßregeln. Frau Smit kann also abreisen Richtung Amsterdam, wenn sie dies für sinnvoll ansieht. Ich würde das den Kollegen dort melden, die entscheiden müssen, wie es weitergeht. Wichtig ist, dass sie sich sofort in Amsterdam bei der Polizei meldet, damit sie dort gegebenenfalls unter Schutz gestellt werden kann." „Und Sie Herr Möhler machen in Zukunft keine Extratouren mehr, sondern stimmen sich auf dem Dienstweg ab, wie sich das gehört." Das hatte er angefügt.

Punkt 7:00 Uhr stand Claas de Bakker am nächsten Morgen mit dem Wagen vor der Tür und die Familie verabschiedete sich von Mareike. Tränen waren nicht zu vermeiden, besonders bei Heiner und Mareike. „Du musst anrufen, wenn du angekommen bist", gab man ihr mit auf den Weg und dann war sie weg.

Brille war in Hochstimmung, der Probelauf mit der Drohne hatte auf Anhieb tadellos geklappt und aus Göteborg waren positive Signale gekommen. Er musste überlegen, wie er die Mengen größer machen konnte. Die frühere Paketgröße 30 kg war nicht machbar wegen der Tragkraft der Drohne von maximal 20 kg. Mehr als zwei Pakete mit einer Drohne zu schicken, würde den Aufenthalt des Schiffes auf Reede zu lange verzögern und könnte Verdacht erregen. Vorerst wusste er keine Abhilfe, war aber mit dem Erreichten zufrieden.

Nur die hohen Bosse im Süden waren das nicht zu 100%, sie sahen nur das Ergebnis und nicht die Probleme, die bewältigt werden mussten, bis dahin. Außerdem war die Polizeipräsenz in Nordeuropa höher als im Süden. Was dort mit Schmiergeldern leicht erledigt werden konnte, musste hier mit einer raffinierten Lösung bewerkstelligt werden. Diese hatte er gefunden mit der Drohne und dem Peilsender, er klopfte sich im Geiste auf die Schulter.

Bei der Witwe Graefe hatte er sich wohnlich eingerichtet, sie hatte ihm ihre Wohnung überlassen und war auf das Altenteil des kleinen Fischer- und Bauernhofes gezogen. Dort war sie nicht allein, Kalle war bei ihr eingezogen. Er hatte Spaß an der lebendigen und lebenslustigen älteren Frau gefunden und in Bremerhaven offenbar keine feste Bindung. Anders bei dem zweiten Gehilfen von Brille, Harry fuhr jeden Abend zurück nach Bremerhaven, nur wenn eine komplette „Nachtschicht" abgeleistet werden musste, blieb er in Fedderwardersiel. Meta Graefe kochte für die ganze Mannschaft und Brille lernte die Hausmannskost der Küste schätzen. Sie war aufgeblüht in den letzten beiden Wochen. Die Aufgabe, die sie jetzt mit der Versorgung der Männer hatte und die „Pflege", welche ihr Kalle gewährte, taten ihr gut.

Brille beschloss nach Groningen zu fahren, vielleicht ergaben sich dort Möglichkeiten, den Versand der Drogen zu intensivieren. Er fuhr mit seinem Pkw, Kalle sollte ihm mit dem Lieferwagen folgen. Sie fuhren zu unterschiedlichen Zeiten ab, um Aufsehen in dem kleinen Fischerdorf zu vermeiden. Mit Frau Graefe hatte er vereinbart, dass sie nicht im Dorfladen einkauft, sondern mit Kalle oder Harry nach Nordenham fährt, um lästigen Fragen zu entgehen.

In Groningen, vor der früheren Firma Below, wartete er auf Kalle und ging mit ihm erst in den Lagerschuppen, um den Lieferwagen zu beladen. Dann schickte er Kalle mit

20 Paketen sofort wieder zurück Richtung Bremerhaven. Er stieg die Treppe hoch zum Chefbüro und erlebte eine Überraschung. Dort saß ein farbiger Fremder im Chefsessel und seine Sekretärin Hagal Yasu auf seinem Schoss. Das war also der Fahrer des BMW SUV, der seitlich am Haus stand und den er kaum wahrgenommen hatte. Hagal spritzte auf und war aus dem Büro verschwunden, der Fremde blieb sitzen starrte ihn an: „Da lässt du dich auch einmal in deinem Laden sehen, das solltest du öfter machen, deine Knechte hier werden schon übermütig."

Brille zog sich einen Stuhl heran und setzte sich. Der Fremde hinterm Schreibtisch war noch nicht fertig: „Deine Bosse sind nicht zufrieden mit dir. Sie haben beschlossen, dich nach Spanien zu versetzen, ich soll dir eine letzte Chance geben hier in diesem schönen Land, bei deiner sexy Sekretärin zu bleiben. Ich habe sie übrigens gestern Abend getestet, alle Achtung, die steigt ganz beachtlich und einen Schlüpfer hatte das Aas auch nicht an." Er grinste unverschämt und hatte seinen Spaß an Brilles offenkundigem Zorn. „Ich habe mich noch nicht vorgestellt, mein Name ist Hassan Markul, ich bin ab sofort dein neuer Boss, du darfst mich aber beim Vornamen anreden."

„So, jetzt bist du dran, was kannst du sonst noch anbieten, außer deinen zwei jämmerlichen Päckchen, die du jeden zweiten Tag nach Göteborg schickst?" Brille blieb das Wort im Hals stecken, so unverschämt war ihm noch niemand gekommen. Nach den Regeln es Drogen-Kartells konnte er allerdings froh sein, dass er noch lebte. Er entsann sich seines Vorgängers Below, der war unliebsam aufgefallen und hatte mit dem Leben gebüßt.

Er gab sich einen Ruck und schluckte Ärger und Wut runter: „ Das sollte der Anfang sein, die neue Technik muss sich erst bewähren. Meine Helfer müssen lernen mit dem Gerät umzugehen." Der Schwarze brach in lautes Gelächter aus: „Alles Ausreden, ich gebe dir eine Woche, bis dahin musst du deinen Umsatz verdoppelt haben." „Das kann ich nicht versprechen, da muss das Schiff mitziehen:" „Gib dir Mühe, es ist deine letzte Chance!"

Damit war er entlassen und er ging zu Hagals Wohnung. Die Tür war verschlossen, nach einigem Klopfen drehte sich der Schlüssel und eine völlig aufgelöste junge Frau stand vor ihm. Sie drängte sich an ihn, er wollte sie zurückstoßen, aber sie umklammerte ihn fest. „Was er dir erzählt hat, ist gelogen, ich war gestern Abend nicht mit ihm zusammen und habe immer meine Schlüpfer an", stieß sie unter Tränen hervor, „ich habe an der Tür gelauscht. Das ist ein gemeiner Schurke." Brille kam das alles bekannt vor, genau so war er mit seinem Vorgänger verfahren, dem hatte es das Leben gekostet und er hatte Mareike ausgenutzt. Ob er ihr glauben sollte, wusste er nicht, war aber unwichtig, er schob es einfach beiseite.

14
NEUE PLÄNE

*Ein bisschen Freundschaft ist mehr wert
als die Bewunderung der ganzen Welt.*
Otto von Bismarck (1815-1898)

Claas und Mareike waren noch nicht aus Bremerhaven herausgekommen, da sie erst im Hotel ihre Sachen holen wollten. Doch was Mareike da beschloss, schockte den jungen Mann: „Lieber Claas, du hast mir sehr geholfen aus meinem Sumpf herauszukommen, jetzt werde ich dich verlassen. Ich will ein neues Leben anfangen. Ganz von vorne anfangen. Ich bin jetzt 24 Jahre und noch jung genug und will alles hinter mir lassen, nicht nur die Verstrickungen in den Drogenhandel, nein auch meine Zeit als Sekretärin bei deinem Vater. Ich habe dich sehr gern, aber eine dauerhafte Beziehung kann das nicht werden mit uns Beiden."

Claas war geschockt, er machte Einwände, merkte, aber das kam nur halbherzig, weil er ihr im Innern recht gab, sein Vater würde nie einer Verbindung zwischen ihnen zustimmen." Mareike dachte praktisch: „Wenn du wegfährst, komme ich schon zurecht, du könntest mir nur helfen ein Auto zu kaufen, denn das brauche ich."

Da half kein zögern, sie machten sich auf zur Opel Vertretung. Vor dem Schauraum umarmte er Mareike und machte den Versuch sie umzustimmen, aber sie wehrte ihn ab und wurden von einem jungen Autoverkäufer in Empfang genommen. Der strahlte sie verliebt an und sie dachte: „Da ist schon Ersatz, Männer sind ja so dumm und einfältig."

Sie dachte an ihre begrenzten finanziellen Mittel und außerdem gefiel ihr ein Meriva sehr gut, der als Vorführwagen mit diversen Extras bereitstand. Der Verkäufer merkte an der Sprache, das sind Ausländer und hatte einen Ratschlag: „Mieten Sie ein Fahrzeug, das ist der einfachste und schnellste Weg, sonst müssten Sie hier einen festen Wohnsitz nachweisen, weil wir das Fahrzeug ja zulassen müssten, Sie müssen, wie jeder Bundesbürger Kfz-Steuer bezahlen. Wenn Sie mieten, erledigen wir das." So einigte man sich und Claas, der ja noch die 1000 Gulden von seinem Vater für Mareike zur Verfügung hatte, bezahlte die erste Woche der Miete. Den Rest gab er Mareike bar, sagte aber nichts vom alten de Bakker.

Sie war dankbar und fuhr stolz im eigenen Fahrzeug zurück zum Hotel. Der schicke junge Verkäufer flüsterte ihr noch zu: „Komm mal wieder vorbei, oder rufe an" und steckte ihr seine Businesscard zu, Mareike lachte ihn freundlich an und dachte: „Ja, warum nicht." Claas fuhr in seinen Wagen mit zurück und der Abschied war dann doch hart. Tränen flossen auf beiden Seiten.

Als sie dann allein im Hotelzimmer saß, überkam sie das ganze Elend und äußerte sich in einer neuen Tränenflut.

Dann gab sie sich einen Ruck: „Jetzt ist es aber genug", sagte sie zu sich selbst und beschloss abends nicht im Hotelzimmer zu sitzen, sondern was zu unternehmen. Da war der flotte Autoverkäufer gerade die richtige Adresse.

Dachte sie einen Moment lang, aber dann rief sie doch nicht an, sondern machte einen ausgiebigen Körperpflege-Abend. Sie suchte nach dem Grund, weswegen sie hiergeblieben war, und wurde sich darüber klar, nicht nur die Trennung von Claas war der Grund, sondern sie musste ihr ganzes verpfuschtes Leben hinter sich lassen und einen Neuanfang wagen. Claas wäre ihr ein lieber Partner geworden, aber die Belastung mit der Nähe zum alten de Bakker machte hier einen Neuanfang unmöglich. Sie wusste, es gab keine Patentlösung und wollte erst einmal einige Tag vergehen lassen.

Brille meldete sich bei seinem neuen Chef ab: „Ich fahre zurück, Boss." Er hatte beschlossen kleine Brötchen zu backen, da er ja wusste, wie rigoros der Strafen Codex bei dem Drogen Kartell war. „Ist O K", antwortete der, „die Braune kannst du mitnehmen, habe sie ja durchprobiert", er lachte dabei. „Du kannst deine Ware auch in Zukunft hier abholen, ich werde genau Buch führen, ob du Fortschritte machst."

Brille fuhr beim Elektroniker Julian Bordt vorbei und hatte Glück: der hatte eine weitere Drohne mit Peilsender für ihn zur Verfügung. Die musste er zwar für teures Geld kaufen, 5.500 Gulden wollte er dafür haben, aber ohne zusätzliches Gerät konnte er größere Mengen an Schmuggelgut nicht schaffen. Er lud Hagal Yasu ein und brummte zurück Richtung Bremerhaven. Am Haus der Witwe Graefe kam ihm Kalle schon entgegen und betrachtete erstaunt die mitgebrachte Exotin. Er hatte eine Neuigkeit: „Ich habe im Vorbeifahren den

Kriminalkommissar gesehen, der eine junge Frau aus seinem Haus verabschiedet hat, das könnte doch die Holländerin sein, nach der du suchst. Den Kriminalen kenne ich aus der Kneipe „Schräges Eck", die besucht er ab und zu mit einem Greifer vom Zoll."

Brille hatte im Moment alles vergessen, er war ganz Ohr: „Wo ist das Weib hin?" „Die wurde von einem Mann abgeholt, das war bestimmt auch ein Holländer. Ich bin ihnen nachgefahren, die sind wieder zu ihrem Hotel." „Und was war weiter, du hast doch hoffentlich die Situation weiter beobachtet." „Nach einiger Zeit kamen sie beide wieder raus und sind zum Opel-Händler gefahren. Dort haben sie einen Meriva gekauft oder gemietet und gleich mitgenommen. Das Weib ist damit zurück zum Hotel gefahren. Dort hat der Mann sich verabschiedet und ist Autobahn Richtung Bremen verschwunden."

„Das hast du gut gemacht", sagte Brille und steckte ihm zwei Grüne als Bonus zu. „Ich komme darauf zurück, da wird ein Auftrag für dich draus." Kalle grinste: „Einen davon stecke ich Meta in ihren geilen A..., das wird ein Fest", dachte er. Entsprechend seinem Auftrag schleppte er die beiden Koffer von Hagal in die Wohnung. Brille stellte sie der Hausherrin vor, die sie mit saurer Miene begrüßte und dabei dachte: „Die taugen alle nichts, die schwarzen Weiber. Aber der Kerl bezahlt ja und da halt´ ich still, genau wie bei Kalle", sie lächelte in Erwartung ihres nächsten Abenteuers.

Brille ging vor die Scheune und suchte mit einem 10x50 Marineglas die Schiffe am Containerpier ab. MV „Michel" war da. Er fuhr zum Containerterminal und konnte mit seinem falschen Pass auf den Namen Benno Karlog das Gate passieren. Der Kapitän des Zubringerschiffes war erstaunt ihn zu sehen, begrüßte ihn aber freundlich.

„Kapitän Leandros, es gibt Schwierigkeiten. Meine Auftraggeber sind unzufrieden mit den zu geringen Mengen, welche wir verschiffen. Haben Sie bisher Ihre vereinbarten Zahlungen bekommen?" „Ja, das lief alles bestens. Größere Mengen geht nicht, ich habe jetzt schon Schwierigkeiten alles unter der Decke zu halten, die Leute sind nicht dumm und machen sich ihre Gedanken."

Brille erklärte seinen Plan mit der zweiten Drohne konnte ihn schließlich bewegen einen Versuch zur Verdopplung der Menge zu machen. Er ließ ihm den zusätzlichen Peilsender da, der mit einer anderen Frequenz arbeitet und im Abstand von 10 Metern von dem vorhandenen Sender aufgestellt werden musste. Sie verabredeten den ersten Probelauf für den gleichen Abend um 22:00 Uhr. Brille alias Karlog, alias del Pietro fuhr ab Richtung seiner Gaunerbude.

Dort entwickelte er eine hektische Aktivität, es galt den Probelauf mit zwei Drohnen bis 22:00 Uhr zu bewerkstelligen. Kalle und Harry sollten je eine Drohne übernehmen und für Beladung und Ansteuerung sorgen, bis der Peilsender aktiv würde und den Rest besorgte. Harry hatte das eher begriffen als der etwas schwerfälligere Kalle. Die Witwe Graefe hätte allerdings geschworen, dass der ganz andere herausragende Fähigkeiten hatte.

Schließlich hatten beide begriffen, worum es ging und um 22 Uhr starteten die ersten beiden Pakete. 15 Minuten später waren die Drohnen zurück und Brille gab das Startkommando für die zweite Sendung. Er hatte die Ankunft der Sendungen auf dem Schiff mit dem Nachtglas beobachtet. Ein Anruf auf dem Mobiltelefon von Kapitän Leandros bestätigte das Gelingen des erneuten Erstversuchs.

Für Brille war das ein Grund zum Feiern. Ein Tisch und Stühle wurden in der Scheune aufgestellt, alle nahmen Platz, auch Hagal und Mutter Graefe trug auf. Kalle schleppte Bierkisten und etliche Flaschen Schnaps herbei und ein feucht fröhlicher Abend begann. Meta Graefe musste ihre Meinung über Hagal revidieren, sie half mit und versuchte auf unterschiedliche Art sich nützlich zu machen.

Ein Anruf von Kapitän Leandros störte dann die lustige Versammlung. Der teilte mit, dass die Wasserschutzpolizei ihn aufgefordert hatte den Schifffahrtsweg unmittelbar nach Beendigung des Beladevorgangs freizumachen. Es gäbe keinen Grund auf Reede liegen zu bleiben, außer einem Defekt am Schiff, der hier aber offensichtlich nicht vorlag. Die nächsten Übergaben von Paketen müssten entweder wesentlich schneller oder noch am Liegeplatz an der Pier vor sich gehen. Das war für Brille natürlich ein Problem, für das er eine Lösung suchen musste.

Die Familie Möhler hatte den Abschied von Mareike verkraftet und wünschte ihr das Beste auf ihrem weiteren Weg. Sie hatten keine Ahnung, dass sie immer noch in Bremerhaven war. Das hätte sie in höchste Besorgnis versetzt. Die von Rainer Möhler und Jost Berendsen von der Zollfahndung geglaubte Beseitigung des Drogenschmuggels über Bremerhaven war ein Irrtum. Aus Göteborg kam eine Mitteilung an die Zollfahndung in Bremerhaven, dass wieder Drogen im Umlauf seien und ein starker Verdacht auf den Zulauf aus Bremerhaven deute. Man wolle die Sachlage weiter kontrollieren und werde in Kontakt bleiben.

Rainer und Jost setzten sich zusammen, konnten aber keinen Ansatz für einen Verdacht finden. Es waren keine Transporte durch die Stadt und durch das Gate am

Containerterminal festgestellt worden. Die Zollfahndung machte Durchsuchungen bei allen Hafenfirmen, wo Lagerung von Drogenpaketen denkbar und möglich wäre, ohne Ergebnis.

Für Rainer ergab sich die Frage, wohin ist der del Pietro verschwunden? Das war ein Tatverdächtiger, wenn man nach Drogenschmugglern suchte. Aber auch da war kein Ansatz für eine Suche gegeben.

15
TRAGIK

Vielleicht gibt es schönere Zeiten,
aber diese ist unsere!
Jean-Paul Sartre (1905-1980)

Zu später Stunde kam noch ein Anruf: „Hier ist dein Boss. Ich will dich morgen Früh um 8 Uhr hier sehen und bring die Klunker mit. Überlege dir eine gute Ausrede, warum du die nicht abgeliefert hast." „Welche Klunker?", wollte Brille noch fragen, da hatte der Boss schon aufgelegt. „Woher weiß der von dem Edelsteinraub bei de Bakker?", fragte er sich, „das kann peinlich werden."

Er wusste, dass es zum Ehrenkodex des Kartells gehörte, den Ertrag größerer „Geschäfte" außerhalb der Drogenszene bei der Zentrale abzuliefern. Er musste sich dem Urteil des Hassan Markul stellen, davonlaufen konnte er nicht. So fuhr er mit Kalle im Lieferwagen am nächsten Morgen um 6 Uhr nach Groningen.

Dort am Lagerschuppen gab er Kalle den Auftrag den Wagen zu beladen und begab sich pünktlich um 8 Uhr ins Chefbüro. Hassan empfing ihn grinsend und fragte ohne jede Begrüßung: „Na, wie läuft der Versand Richtung Göteborg?" Brille war froh, eine positive Antwort geben zu können: „Gestern haben wir erstmals die doppelte Menge verschifft." „Dann sieh zu, dass es so bleibt." Brille verschwieg die Probleme mit der Wasserschutzpolizei, er wollte nur wieder raus hier.

Durch die Seitentür kam ein Mongol-Typ. „Der hat einen Gorilla hergeholt", dachte Brille „Du musst mir noch was abliefern", forderte der Boss und Brille reichte ihm die flache Schachtel mit der Brillanten Kollektion. „Du weißt, dass du das unrechtmäßig für dich behalten hast", sagte der Boss böse grinsend. „Aber jetzt ist es doch an der richtigen Stelle", entgegnete Brille und wollte sich dem Treppenausgang zuwenden, da kam ihm aber ein zweiter Gorilla entgegen und versperrte ihm den Weg.

Boss Hassan sagte zu diesem: „Die Zange", er reicht ihm eine Zange und Brille ahnte Böses. Auf einen Wink vom Boss packte der hinter ihm stehende seinen Arm und drehte ihn schmerzhaft auf den Rücken, der andere Gorilla nahm den anderen Arm gewaltsam auch auf Brilles Rücken, sodass dieser auf die Knie sank. Er fühlte ein Tasten an seiner linken Hand, hörte ein knirschen. Ein grausamer Schmerz rast mit einem Blitz bis in sein Hirn, er stieß einen Schrei aus und sank auf den Fußboden. Markul hatte ihm das erste Glied des kleinen Fingers von der linken Hand abgetrennt.

Brille lag auf dem Boden und stöhnte. Der Boss gab Order: „Verbindet ihm den Finger und seht zu, dass er mit seiner Kiste den Abmarsch macht." Bevor sie ihn aus dem Büro schleiften, hatte er noch ein Abschiedswort für ihn: „Das soll dich für immer an deine linke Tour erinnern. Falls du jetzt Zicken machen und gar abhauen willst, kannst du gleich den Bestatter bestellen, das wirst du nicht überleben."

Brille war zu keiner Reaktion fähig, erst als er Schmerztabletten geschluckt hatte, konnte er wieder einigermaßen klar denken und es wurde ihm bewusst, dass die beiden Gorillas die Gleichen waren, die ihm einst selbst gute Dienste geleistet hatten. Aber da hatte man ihn schon in den Lieferwagen gesetzt und er war mit Kalle auf der Rückfahrt. Der Finger war sauber verbunden und mit einer schwarzen Hülle versehen.

Mareike hatte sich wie immer an den vergangenen Tagen einen morgendlichen Schwimmbadbesuch gegönnt und wollte sich anschließend noch eine Lektüre kaufen, sie dachte dabei an einen Gießen-Krimi von Gerhard Pflanz, über den sie eine Kritik in der örtlichen Nordsee Zeitung gelesen hatte.

Beim Gang vom Parkplatz zum Columbus Center bekam sie einen Schock, der Lieferwagen, der vorbeifuhr, den kannte sie. Schnell stellte sie sich hinter eine Werbetafel, das war ein Fahrzeug, welches schon bei der Firma von Henk Below in Betrieb war. Sie eilte zurück zu ihrem Wagen und folgt ihm in gehörigem Abstand. Die Fahrt ging über die Autobahn durch den Wesertunnel und weiter entlang der Weser bis nach Fedderwardersiel.

Am Ortsausgang des Fischerdorfes fuhr der Lieferwagen bis zu einem kleinen Bauernhaus, wo er an der Scheune hinter dem Haus parkte. Mareike hielt ein Stück davor und machte sich klein auf dem Fahrersitz. Dann stockte ihr der Atem, aus dem Lieferwagen stieg der Fahrer, ein dicker Kerl, den sie nicht kannte und vom Beifahrersitz einer, den kannte sie, es war der del Pietro, der ihre Hand verstümmelt hatte. Der verschwand sofort im Haus, Mareike wendete und fuhr zurück.

Sie war erregt, was sollte sie mit ihrem Wissen anfangen, mit Sicherheit war es ein Versteck der Drogenschmuggler. Einerseits wollte sie nichts mehr mit dem Verbrechersumpf zu tun zu haben, andererseits wollte sie helfen die Bande unschädlich zu machen. Sie war unschlüssig und beschloss abends noch einmal hinzufahren. Derweil zeigte Brille seiner neuen Favoritin Hagal seinen lädierten Finger. Sie war entsetzt, aber er blockierte grob ihre Fragen, schickte sie zu Witwe Graefe Verbandsmaterial zu holen: „Bring Jod mit", rief er ihr hinterher. Sie erhielt das Gewünschte und Brille schickte sie noch einmal mit einem Zehner hin, um zu bezahlen. Sie erwies sich als geschickte Hilfe und versorgte seine Wunde ordentlich. Er hatte die Hand im Auto zur Seite gehalten, seinen Schmerz beherrscht, so dass Kalle nichts bemerkt hatte. So war er peinlichen Fragen entgangen. Am nächsten Morgen fuhr er nach Nordenham zu einem Arzt und zeigte ihm die Hand. „Wie haben Sie das denn angestellt?", fragte der.

„Ich war zu eifrig am Fleischwolf in der Fleischerei meines Onkels", gab er als Erklärung zurück. Der Arzt betäubte den Finger, zog die in Fetzen hängenden Hautreste über die Fingerkuppe und vernähte sie. „Bei normalem Verlauf können die Fäden in 14 Tagen gezogen werden. Sie sind Ausländer, wie ich an Ihrer Aussprache bemerke, wenn Sie nicht wieder hier vorbeikommen, können Sie das auch selbst machen, sollten aber eine sterile Pinzette verwenden." Del Pietro, alias Brille, bedankte sich. „Jetzt dürfen Sie noch die Rechnung begleichen, das macht 250.- Euro", sagte die nette Arzthelferin, die den ganzen Vorgang begleitet hatte.

Rainer Möhler hatte zwei Tage Urlaub genommen, um beim Hausbau dabei zu sein. Auf der Baustelle seines Einfamilienhauses wurde inzwischen schon die Kellerdecke geschüttet. Bei den Einschalarbeiten hatte er schon tüchtig mitgeholfen, nun fuhr er mit Sohn Heiner zur Baustelle: „Mir tun alle Knochen weh von der ungewohnten Arbeit", sagte er zum Sohn. Der lachte, fühle ihm an die Muskeln des Oberarms: „Das hilft dir bei der Verbrecherjagd, Papa."

Auf der Baustelle war die Arbeit schon in vollem Gang: „Wir fangen um 6 Uhr an, Herr Möhler", rief der Polier. Rainer lachte: „Ja, ich musste Heiner erst in der Schule freiholen." Aber es gab weiter nichts für ihn zu tun, alles war bestens geordnet. Er spendierte zur Mittagszeit für jeden eine Flasche Bier.

Er traf sich auf der Baustelle mit dem Hersteller des Hauses, auf der Kellerdecke sollte nämlich ein schickes Fertighaus aufgebaut werden, um letzte Details zu besprechen. Die Zimmereinteilung und die Bemusterung des Hauses hatte er abgesprochen und vorher in langen Sitzungen mit Ruth optimiert, wie er meinte. „Es wird nachher immer noch Details geben, die man anders machen wollte", hatte der Hausverkäufer gemeint. Damit rechnete Rainer, er freute sich schon auf den baldigen Einzug. Der Hausersteller rechnete mit einer Montagezeit von 2 bis 3 Wochen, das bedeutete einen Einzugstermin in 4 bis 5 Wochen.

Heiner fragte: „Wo ist mein Zimmer?" Sein Vater neckte ihn: „Hier nebenan bauen wir eine Garage, da stellen wir ein Bett für dich rein." Der Sohn wusste eine passende Antwort: „Du Schwindler, da kommst du rein, mein Zimmer ist da wo Ihr das Elternschlafzimmer machen wolltet." Er lachte, jetzt hatte er Papa überlistet. Sie fuhren nach Hause und Heiner meldete der Mama stolz: „Die Decke ist geschüttet, ich habe Papa erklärt, wo mein Zimmer ist", was große Heiterkeit auslöste.

16
ZIVILCOURAGE

Vergiss nicht:
Erfolg ist die Belohnung für schwere Arbeit.
Sophokles (497-406 v. Chr.)

Claas de Bakker hatte sich von Mareike verabschiedet und wollte die Heimreise antreten. Schon kurz hinter der holländischen Grenze bei Winschoten kamen ihm Zweifel und er fuhr auf einen Parkplatz der holländischen A7. „Kann ich das Mareike antun?", waren seine Gedanken, „wer weiß in welche Gefahren sie rein gerät und in die Klauen des del Pietro, der bestimmt keine Nachsicht mit ihr hat."

Er telefonierte mit seinem Vater, damit der Alte wieder mal etwas von ihm hörte und wusste, es geht ihm gut. Als dieser hörte, wo er sich befand, gab er ihm den Auftrag einen weiteren befreundeten Juwelier in Groningen zu besuchen und nach dem Stand des letzten gemeinsamen Geschäftes zu fragen. In diesem Zusammenhang hatte de

Bakker dem Juwelier Zuiders & Zoon Brillanten im Wert von etwa 100.000 Gulden in Kommission überlassen. Claas sah seine Pläne mit Mareike gefährdet, musste aber einen Tag drangeben, das konnte er dem Alten nicht verweigern.

Er meldete sich telefonisch an und erhielt einen Termin für den nächste Tag bei dem Senior und Inhaber des Geschäftes. Willem Zuiders zeigte ihm persönlich die Räumlichkeiten und Auslagen und Claas war beeindruckt, das war ein grundsolides, alteingesessenes Unternehmen in bester Lage der Stadt, da war keine Gefahr für die Kommissionsware erkennbar. Willem zeigte ihm die Brillanten und rechnete ihm exakt vor, dass eine Überweisung von 17.000 Gulden an de Bakker fällig wurde. Das waren die anteiligen Erlöse aus den jüngsten Abschlüssen. Er wollte den genauen Betrag gleich Claas mitgeben, der bat ihn jedoch um Überweisung der Summe. Das Geschäft lief zur beiderseitigen Zufriedenheit und de Bakker Junior wollte sich verabschieden, aber Willem Zuiders bat ihn noch auf einen Kaffee zu bleiben.

„Darf ich Ihnen meine Tochter Nora vorstellen." Claas hob den Blick und sah in ein strahlendes Augenpaar, welches ihn aus einem frischen Gesicht freundlich anblickte. Claas war beeindruckt und dachte: „So, Alter du kannst dich verabschieden, ich will mich jetzt mit der jüngeren Generation Zuiders unterhalten." Der Kaffee und der dazu gereichte Jonge Genever dufteten verlockend. „Guten Tag, Nora, ich bin Claas." „Hallo Claas schön dich kennen zu lernen", antwortete das frische Mädel ohne Scheu, schwenkte ihren Glockenrock und war wieder verschwunden.

Claas war beeindruckt, nicht dass er Mareike vergessen hätte, nein, ihr zu helfen, war sein nächstes Anliegen, aber auf der Rückfahrt nach Amsterdam konnte er hier noch Mal einen Halt machen. Er startete seinen Wagen Richtung Bremerhaven.

Mareike war jetzt drei Tage allein in der Seestadt. Sie überlegte, was sie mit ihrer Zufallsentdeckung in Fedderwardersiel anfangen sollte. Sie fuhr zur Stadtverwaltung und fragte sich zur Kripo durch. „Ich möchte Herrn Möhler sprechen", sagte sie zur Sekretärin, die sie empfing. „Herr Möhler ist heute leider nicht da", sagte die Dame in mittlerem Alter, „der ist mal wieder auf seiner Baustelle", dachte sie, „Aber wenden sie sich doch an Herrn Schmidt, zweites Zimmer links, ich melde sie an."

Sie brauchte nicht zu klopfen, die Tür wurde aufgerissen und Bernd Schmidt kam ihr strahlend entgegen. In seiner Verliebtheit dachte er, „Sie besucht mich, weil sie Sehnsucht hat", was natürlich völlig daneben war. Mareike begrüßte ihn artig, er bat sie sich zu setzen und verschwand, um Kaffee zu bestellen.

Sie erkannte ihn als den Beamten wieder, der sie aus Bremen vom Hotel zur Post abgeholt hatte. „Ich möchte Ihnen meine Beobachtungen im Zusammenhang mit dem Drogenschmuggel, die ich zufällig gemacht habe, mitteilen." „Da müssen wir Protokoll führen", antwortete Bernd, leicht enttäuscht, aber sich auch bewusst, wie albern sein Wunschdenken war. Er rief eine Sekretärin, die sich hinter die Schreibmaschine setzte. Sie schilderte ihre Beobachtungen in Fedderwardersiel, er beobachtete sie dabei und konnte nur eins denken: „Ist die süß".

Dann musste er sich von seinen romantischen Gedanken losreißen und das Protokoll lesen, welches ihm die Sekretärin präsentierte. Schlagartig wurde ihm die Wichtigkeit ihrer Aussage bewusst. Das konnte der

Schlüssel zu den Nachfragen aus Göteborg sein. Das Drogenkartell hatte ein neues raffiniertes Versandsystem installiert und damit alle Kontrollen in Bremerhaven und dem Containerhafen raffiniert umgangen.

„Mareike, woher kannten Sie den Lieferwagen, der Sie zu dem Nest der Schmuggler führte? Wir müssen allerdings noch nachweisen, dass es wirklich ein Schmugglernest ist." Mareike saß mit hängendem Kopf vor ihm: „Ich war Sekretärin bei dem Vorgänger des del Pietro. Von einem Drogenschmuggel in diesem Umfang habe ich nichts gewusst. Mein damaliger Chef hieß Below und war hier in Bremerhaven auch vor Gericht, ehe er bei seiner Überführung nach Holland ermordet wurde. Der del Pietro, den alle nur Brille nennen, übernahm dann das Geschäft in Groningen und zwang mich mit ihm nach Amsterdam zu gehen. Wegen Ungehorsam hat er mir ein Glied vom kleinen Finger abgetrennt." Sie zeigt ihm den lädierten Finger. „In Groningen habe ich den Lieferwagen gesehen und erinnerte mich sofort wieder an seinen Gebrauch dort."

„Das hat größeren Umfang als ich dachte", waren Berndts Gedanken. Er beschloss den Ort in Fedderwardersiel vorerst zu sichten, um zu wissen was ihn dort erwartete und machte ihr folgenden Vorschlag: „Was halten Sie davon, wenn wir heute Abend dort hinfahren und Sie mir die Örtlichkeit zeigen. Dann weiß ich was uns erwartet und wir können uns entsprechend vorbereiten." Sie war einverstanden, wollte aber ihn am Kommissariat abholen, damit kein Gerede im Hotel entstand wegen der Polizei.

Auf dem Weg zum Wesertunnel hielten sie im Fischereihafen und verzehrten ein leckeres Fischbrötchen, denn „Mit leerem Magen soll man nicht arbeiten." Durch seine lockere burschikose Art gelang es ihm sie aus ihrer trüben Stimmung zu lösen. Er hatte zum ersten Mal den Eindruck, dass sie ihn nicht als Polizeibeamten, sondern als möglichen Freund betrachtete, das freute ihn.

Der Weg durch den Tunnel und nach Fedderwardersiel war ihm bekannt. Im Ort lenkte sie ihren Meriva zielstrebig durch das Dorf bis zum Ortsende. Einige Meter vor einem letzten kleinen Bauernhof hielt sie, halbwegs gedeckt hinter Buschwerk, an und sagte: „Dort hinten an der Scheune haben zwei Männer Pakete aus dem Lieferwagen entladen und in die Scheune gebracht." Nichts rührte sich, bis nach etwa einer halben Stunde ein kräftiger Kerl aus dem Haus kam und einen schrillen Pfiff ausstieß. Ein zweiter Mann verschwand in der Scheune. Dann sah man sie hinter der Scheune Gerät aufbauen und Pakete hintragen. Bernd Schmidt wurde hellwach, was hatte das bedeuten? Ein weiterer Mann mit einem Fernglas kam aus dem Haus und beobachtete mit dem Glas die Schifffahrtstraße der Weser oder das gegenüberliegende Containerterminal, das konnte man nicht entscheiden.

Mareike entdeckte die Lichtsignale auf dem Strom zuerst: „Dort die beiden roten Lichter auf der Weser." Kommissar Schmidt nahm sein eigenes Glas und sah, dass die Lichter vom Deck eines Schiffes kamen, welches bewegungslos auf Reede lag. Er telefonierte mit dem Diensthabenden Beamten im Kommissariat und bat ihn festzustellen, welches Schiff vor Kurzem den Containerterminal verlassen hatte. „Es muss ein kleineres Schiff sein, ein Feederschiff."

Bernd konnte sich keinen Reim machen, wie das zusammengehörte. Mareike hatte sich umgedreht und sagte: „Hinter uns steht ein Auto." Dem Kriminalkommissar war die Gefahr, in die er sich begeben hatte, bewusst, noch dazu mit einer Privatperson. Das konnte ihm einen starken Verweis einbringen und in seiner Personalakte landen. „Mareike, wir haben genug gesehen, bitte wenden und den Platz verlassen. Wenn die was bemerken, sind wir reif."

Mareike folgte, ohne zu zögern seiner Anweisung. Als sie an dem hinter ihnen stehenden Wagen vorbeifuhren, konnte sie in der Dämmerung nicht erkennen, ob eine Person drinsaß. Bernd atmete erleichtert auf und Mareike setzte ihn in Bremerhaven am Kommissariat ab.

Er entschuldigte sich, dass er sie im Eifer des Gefechtes geduzt hatte, sie lachte und sagte: „Das macht nichts, Hauptsache wir haben unser gemeinsames Abenteuer gut überstanden. Jetzt können wir auch dabeibleiben", sagte sie befreit lachend. Und zum Abschluss durfte er ihr noch ein Küsschen geben.

Für ihn war der Tag noch nicht zu Ende: „Mareike, ich habe hier eine gute Stunde zu tun, dann komme ich und hole dich im Hotel ab, diesmal aber nicht dienstlich, nein rein privat. Das wird so gegen 9 Uhr sein." Sie schwankte, schließlich stimmte sie zu. Den ganzen Abend im Hotelzimmer sitzen und grübeln war auch nicht das Wahre und er war ein netter Kerl. Seine Aussage „rein privat" hatte ihr Spaß gemacht.

17
CLAAS

*Dass etwas schwer ist,
muss ein Grund mehr sein,
es zu tun.*
Rainer Maria Rilke (1875-1926)

Er hatte seine Entscheidung wahr gemacht und war nach Bremerhaven gefahren, um Mareike zu beschützen soweit es ihm möglich war. Um nah am Geschehen zu sein, hatte er sich zwei Häuser weiter auf der gegenüberliegenden Straßenseite vom HavenRand ein Zimmer mit Frühstück genommen.

Einen ersten kleinen Erfolg konnte er bereits verbuchen, er war Mareikes Meriva gefolgt bis zu dem Bauernhof in dem Dorf an der Wesermündung, in das sie mit einem Polizeibeamten gefahren war. Nachdem ihr Fahrzeug gewendet und zurückgefahren war, hatte er das Geschehen weiter beobachtet und eine überraschende Entdeckung gemacht. Von dem Platz hinter der Scheune waren von zwei Drohnen insgesamt vier Pakete Richtung Weser transportiert und auf dem Deck eines Schiffes abgeladen worden.

Da er einiges über del Pietro von Mareike erfahren hatte, war er überzeugt, dass es eine Aktion der Drogenschmuggler war, die eine raffinierte Methode entwickelt hatten, ihre Ware an jeglicher Kontrolle vorbei ins Ausland zu transportieren. Er hatte dann die Dorfstraße auch verlassen „Bevor die mich schnappen", dachte er und war zurück nach Bremerhaven gefahren. Jetzt lag er an seinem Eckfenster wieder auf der Lauer und beobachtete, wie Mareike zurückkam. Er wäre gerne zu ihr hin gegangen und hätte sie begrüßt, doch er unterdrückte seinen Wunsch, wollte keine alten Geschichten aufwärmen.

Mareike wartete in ihrem Zimmer, machte sich frisch, zog sich eine andere Bluse an, als das Telefon klingelte: „Ein Herr wartet hier und will sie abholen" sagte der Mitarbeiter vom Empfang. „Ich komme", antwortete sie. Am Empfang sagte der Pförtner: „Der Herr wartet draußen." Sie ging nach draußen auf einen wenige Meter entfernt stehenden Wagen zu.

Die vordere und hintere Tür auf ihrer Seite wurden aufgerissen und bevor sie zu Besinnung kam, lag sie auf dem Rücksitz des Wagens, ein Kerl setzte sich auf sie und presste ihr die Hand auf den Mund: „Keinen Mucks, Puppe, oder du machst mit einem von meinen Säbeln Bekanntschaft." Hässliches Gelächter folgte: „Mit meinem angewachsenen kann man sich vertragen, aber der andere, der macht richtig Aua." Vom Fahrer kam ein Einwand: „Du musst aber was für mich übriglassen, Harry." „Nix, du hast dich schon an Meta abgearbeitet, jetzt bin ich dran."

Mareike war wie erstarrt, sie konnte keinen Ton herausbringen, ihr Peiniger saß schmerzhaft auf ihr. Was sie nicht wusste, Claas hatte ihre Entführung beobachtet, sich in sein Auto geschwungen und folgte dem Wagen ihrer Entführer in sicherem Abstand. Die Fahrt ging nach Süden aus der Stadt durch den Wesertunnel und dann nördlich Richtung Fedderwardersiel. Er ahnte das Ziel, es war der kleine Bauernhof am Ortsende.

Das Auto der Gangster hielt halb versteckt neben der Scheune hinter dem Bauernhof, Claas parkte an der Straße. Er stieg aus und näherte sich dem Hof gedeckt durch Buschwerk am Straßenrand. Er hatte keine Angst vor einer Auseinandersetzung mit den Dealern, durch sein regelmäßiges Karatetraining war er in guter körperlicher Verfassung und konnte auch ein paar grausame Schlagtechniken auspacken, wenn es sein musste. Gefährlich wurde es, wenn Schusswaffen ins Spiel kamen.

Er beobachtete, wie die beiden Entführer sich an Mareike zu schaffen machten, hörte aber nicht wie Harry zu seinem Kumpan sagte: „Ein Leckerbissen, Kalle." Aus dem Haus kam ein dritter, wohl der Chef: „Das ist del Pietro, den sie Brille nennen", dachte Claas. Die beiden Entführer schleppten ihr gefesseltes Opfer in die Scheune und schlossen das Tor, für Claas die Gelegenheit bis an die Scheune heranzuschleichen.

Kriminalkommissar Bernd Schmidt hatte einen Bericht in die Schreibmaschine getippt über seine Beobachtungen zusammen mit Mareike in Fedderwardersiel. Kollege und Vorgesetzter Rainer Möhler sollte entscheiden, wie es weitergehen sollte. Er würde am nächsten Tag wieder da sein und dann war ein geballter Einsatz gegen die möglichen Drogenschmuggler denkbar. Mit Mareike zusammen verbot sich jegliche Aktion, die sie als Privatperson in Gefahr gebracht hätte. Sein Diensthabender Kollege informiert ihn, dass es sich bei dem Schiff um MV „Michel" gehandelt hatte, auslaufend mit 280 Containern bestimmt für Göteborg. Das Zubringerschiff, der Mitarbeiter am CC nannte es Feeder, war inzwischen in der Nordsee unterwegs Richtung Nord.

Er sah unruhig auf die Uhr, es war viertel nach Neun und höchste Zeit für ihn Mareike abzuholen. Im Hotel sagte der diensttuende Mitarbeiter am Empfang erstaunt und auch etwas mitleidig: „Oh mein Herr, da kommen Sie zu spät, die Dame ist vor etwa einer halben Stunde abgeholt worden."

Wie ein Blitz durchzuckte es Bernd: „Entführt." Er dankte und rannte zurück zu seinem Wagen. Der Portier blickte amüsiert hinter ihm her und dachte: „So bin ich auch einmal hinter meiner Lene hergerannt." Für Bernd war die Situation ernster, er fuhr durch den Wesertunnel zum Polizeirevier nach Nordenham, zwei Polizeibeamte waren anwesend, die er informierte und den weiteren Plan besprach. Er lud beide Beamten in seinen Wagen, trotz der Bedenken, dass das Revier mit einem Kollegen besetzt bleiben müsste und fuhr ab nach Fedderwardersiel.

Claas suchte nach einer Stelle, von der er in die Scheune sehen konnte. Die einzige Möglichkeit war eines der kleinen Stallfenster. Er zog sich mit Klimmzug hoch, bis er Sicht in das Innere hatte und sah, dass die Männer Mareike auf einen Stuhl gesetzt und ihre Handfessel gelöst hatten. Del Pietro hatte ihn jedoch entdeckt. Er deutete auf das Fenster und sagte etwas zu seinen beiden Helfern, was Claas nicht verstehen konnte.

Kalle und Harry stürmten zum Tor und auf Claas zu. Der ließ sich aus seiner Beobachtungsstellung auf den Boden fallen und musste auch schon den ersten auf ihn zustürmenden Gegner abwehren. Das tat er so überzeugend, dass Kalle erst einmal zurückwich und nach Luft schnappte. Dann war er schon zu einem neuen Angriff auf dem Vormarsch. Claas stellte sich geschickt auf, so dass nicht beide Angreifer auf ihn eindringen konnten, eine Gebäudeecke gab ihm dazu die Möglichkeit.

Diesmal empfing Claas den bulligen Angreifer mit einem Tritt auf den Solarplexus, der ihn von den Beinen holte, stöhnend lag er vor ihm und Claas leistete sich eine kleine Unaufmerksamkeit, die sofort bestraft wurde. Harry schlug ihm mit einem Axtstiel wuchtig gegen Schläfe, was ihn umwarf.

Brille kam dazu und sie schleiften den Bewusstlosen in die Scheune. Mareike erkannte in dem Bündel Mensch, was man ihr vor die Füße warf, Claas und stieß einen entsetzten Schrei aus. Sie wollte aufstehen und ihm helfen, der Gaunerboss stieß sie brutal zurück: „Du bleibst hier sitzen, an dich habe ich einige Fragen."

Draußen hörte man ein Fahrzeug, welches bis dicht an die Scheune heranfuhr. Kalle hatte sich erholt und kam immer noch wankend in die Scheune: „Draußen hält ein Wagen, das könnte Polizei sein", konnte er sagen, dann fiel er wieder, immer noch nach Luft ringend, in die Knie. Das Tor wurde aufgerissen und zwei Polizeibeamte in Uniform, an der Spitze Bernd Schmidt in Zivil stürmten herein.

„Hände hoch, Gesicht zur Wand", rief der Polizeimeister Stöcker, was Harry augenblicklich befolgte, Kalle blieb auf den Knien hocken. Nicht so Brille, der dachte nicht daran klein beizugeben. Er hab die Pistole und schoss auf die Polizisten. Bernd Schmidt spürte einen beißenden Schmerz am linken Oberarm, Blut tropfte aus einer Wunde. Erschrocken kümmerten sich die beiden Polizisten um ihn. Das nutzte Brille zu Flucht, er verschwand aus der Scheune durch eine Tür Richtung Weser.

Bernd deutete in seine Fluchtrichtung und Stöcker lief hinter ihm her: „Halt, stehenbleiben", rief er, ohne Reaktion lief der Flüchtende weiter auf das Weserufer zu. An einem Priel lag ein Fischerboot, das hatte er bei den Drohnentransporten entdeckt. Er sprang hinein, ergriff die Ruder und war kurze Zeit später in der beginnenden Dämmerung verschwunden. Stöcker stand am schlammigen Ufer des Priels und konnte nur hinterhersehen.

In der Scheune saß Claas noch auf dem Fußboden und erholte sich langsam. Aber er hatte wahrscheinlich eine Gehirnerschütterung und war immer noch benommen.

Bernd Schmidt hatte den Schock über die Fleischwunde am Arm überwunden und schimpfte über seinen Leichtsinn, er hatte keine Pistole und keine Handschellen mitgenommen, alles ging so schnell, die Sorge um Mareike hatte ihn angetrieben. Eine ältere Frau, offenbar die Hausfrau erschien angelockt von dem Schuss und wandte sich besorgt an Kalle: „Wie geht's dir?", fragte sie, der stieß sie zurück und sagte: „Kümmere dich um den Kriminalen, der ist verwundet. Verbinde seine Wunde."

Der Kollege von Stöcker hatte ihre beiden Gefangenen in Schach gehalten, aber nur ein Paar Handschellen, die er Harry anlegte. Jetzt kam Stöcker und er konnte dem noch am Boden hockenden Kalle ebenfalls Handfesseln anlegen.

Polizeimeister Stöcker berichtete, der del Pietro war in ein Fischerboot gesprungen und in der Dunkelheit verschwunden. Bernd Schmidt rief bei seinem diensthabenden Kollegen im Kommissariat an, schilderte kurz die Situation und bat ihn Rainer Möhler und Jost Berendsen zu informieren. Die würden schon die notwendigen Maßnahmen in die Wege leiten.

Dann überließ er sich seinen Schmerzen im Oberarm und der Behandlung seiner Wunde durch die Witwe Graefe, die das gekonnt erledigte. In ihrer Begleitung erschien eine junge farbige Frau und löste endlich Mareikes Fesseln. Dazu war, durch die turbulenten Ereignisse der letzten Stunde, keiner der Männer gekommen.

Meta Graefe sah bestätigt, was sie befürchtet hatte, ihre Mieter machten faule Geschäfte und jetzt hatte sie die Polizei auf dem Hof. Wenn das ihr seliger Eilert wüsste, der würde sich im Grab rumdrehen. Sie hängte Bernds Arm in ein Dreieckstuch und er rief im Polizeirevier Wulsdorf an und veranlasste, dass ihre beiden Gefangenen abgeholt und festgesetzt würden. Er sprach beide an und erklärte, dass er sie wegen Freiheitsberaubung und Verdacht des Drogenschmuggels festnahm.

Er befragte Claas nach seinem woher und war über seine Geschichte natürlich bass erstaunt. Claas erzählte ihm, dass Mareike die Sekretärin seines Vaters war und von del Pietro in dessen Dienst gezwungen wurde. Er sei ihr nachgefahren, um sie zu beschützen.

18
VERFOLGUNG

*An den Scheidewegen des Lebens
stehen keine Wegweiser.*
Charly Chaplin (1880-1977)

Rainer Möhler hatte einen harten Arbeitstag auf seiner Baustelle hinter sich. Das Haus war gekommen und die Bauhandwerker hatten mit der Montage begonnen. Er konnte zunächst nichts tun, alles sah chaotisch aus. Der Polier, ein schwergewichtiger Zimmerer, beruhigte ihn: „Morgen sieht das schon anders aus, da haben wir mehr Ordnung auf der Baustelle."

Rainer beschränkte sich darauf Teile, die von Hand bewegt werden konnten, an die vorgesehenen Plätze zu tragen. Vieles musste mit einem Autokran bewegt werden, etwa Balken für die Dachkonstruktion oder vorgefertigte Elemente für die Wände.

Die Handwerker machten Feierabend, er setzte sich auf einen Stapel Steine und betrachtete sein im Werden befindliches zukünftiges Heim. Er konnte es noch nicht so richtig glauben, dass er es so schnell schaffen würde für sich seine Ruth und Sohn Heiner ein Eigenheim zu bauen. Es war halb Traum, halb Realität was ihm durch den Kopf ging, als sein Diensttelefon klingelte, was er immer bei sich trug.

In Erwartung eines Anrufs vom Kollegen und Freund Bernd Schmidt meldete er sich mit: „Möhler, bei der Arbeit auf der Baustelle." Gelächter auf der anderen Seite, aber dann die Meldung die Bernd Schmidt hinterlassen hatte und die ihn sofort zurückholte in seinen beruflichen Alltag.

Er bedankte sich und rief bei Ehefrau Ruth an. Sohn Heiner kam ans Telefon und er sagte: „Sage Mama, ich komme später, ich muss dienstlich noch etwas erledigen, sie soll nicht auf mich warten." Damit war der Filius nicht zufrieden, doch der Vater hatte keine Zeit für lange Erklärungen: „Ich erkläre dir das später, muss jetzt auflegen."

Er wählte die Nummer von Zollinspektor Jost Berendsen, der sich natürlich schon aus seinem Feierabend meldete: „Rainer, alter Junge, habe deine Nummer schon erkannt, willst mich abholen für einen Kneipenbummel." Nein, wollte er nicht. Er schilderte kurz die Situation: „Kollege Schmidt hat das Schmugglernest entdeckt und zwei Tatverdächtige festgenommen in Fedderwardersiel. Der vermutliche Anführer ist entkommen. Ich fahre jetzt hin und bitte dich das Weserufer an der ehemaligen Festungsinsel Langlütjen zu observieren. Du musst die Wasserschutzpolizei aktivieren, der Verdächtige, ein del Pietro, ist in einem Ruderboot Richtung Weser entkommen, weit kann er nicht sein. Vorsicht, er ist bewaffnet."

„Mach ich und ich schicke zwei Zollbeamte zum Tatort, die sollen prüfen, ob Rauschgift liegen geblieben ist." Rainer beschrieb ihm die Örtlichkeit, soweit er das in dem Telefonat erfahren hatte. Er selbst machte sich auf den Weg zum Tatort und war erstaunt, als er Kollege Schmidt mit einem verletzten Arm antraf. Der atmete erleichtert auf, jetzt konnte er an die ärztliche Versorgung seiner Verwundung denken.

Der Kollege von Polizeimeister Stöcker fuhr ihn nach Nordenham, wo sie den Arzt aus seinem Feierabend klingelten. Der versorgte die Wunde und entließ den Kriminalbeamten mit der Mahnung: „In der ersten Woche Verbandswechsel täglich und Fäden ziehen in zwei Wochen. Am besten gehen Sie etwas zur Seite, wenn wieder jemand auf sie schießt!" Bernd dankte und versprach den Rat zu befolgen. Er fühlte sich gut, der Polizist fuhr ihn zurück nach Fedderwardersiel.

Auf Rainer stürmte allerlei Neues ein. Drei Polizeibeamte aus Wulsdorf kamen, um die Festgenommenen abzuholen. Er dachte: „Es geschehen noch Wunder, die Gauner kenne ich, zumindest vom Aussehen. Das müssen Stammgäste aus dem „Schrägen Eck" sein. Die waren jedenfalls immer da, wenn ich mit Jost eine Kneipentour gemacht habe." Er schickte Kollege Bernd Schmidt mit zurück, der sollte sich um die Aufnahme der Personalien, die Haftbefehle bei einem Richter und die sichere Unterbringung kümmern.

Er fragte die Hausbesitzerin nach einem Raum für vorläufige Vernehmungen und Meta, ganz hilfsbereite Hausfrau, sagte: „Mein Wohnzimmer." Zuerst sprach er mit Mareike und beruhigte die immer noch Erregte: „Das ist eine Zeugenaussage und Information für mich." Sie schilderte ihm dann den Verlauf des Abends mit ihrer Entführung.

„Wie ist denn der Kommissar Schmidt so schnell hierhergekommen?" Nun musste sie noch schildern wie sie den Lieferwagen aus Groningen erkannt hatte und ihm zusammen mit Bernd gefolgt war. Die Verabredung am späteren Abend mit ihm verschwiege sie, war Privatsache nach ihrer Meinung.

Von Claas de Bakker hatte sie sich in Bremerhaven getrennt, wie der hierhergekommen war, wusste sie nicht. Das wusste Rainer bereits, nur weil er sie beschützen wollte. Claas, den er nach ihr ins Wohnzimmer holte bestätigte das. Er schickte beide zurück nach Bremerhaven. Eine Gefahr für sie durch das Drogenkartell sah er nicht. „Die sind in Haft, einer auf der Flucht. Der hat genug mit sich selbst zu tun. Bitte kommen Sie morgen ins Kommissariat, um das Protokoll Ihrer Aussage zu unterschreiben, Frau Smit bitte um 13 Uhr, Herr de Bakker um 14 Uhr." Er bedankte sich und die beiden Zeugen machten Abgang.

Er hatte einige Blätter des vor ihm liegenden A4-Blocks mit Notizen vollgekritzelt, das sollte die Basis für die Protokolle werden. Frau Gräfe kam und fragte, ob sie ihm einen Tee oder ein anderes Getränk bringen dürfte. Er antwortete: „Ein Tee würde ihm jetzt guttun." Er sah sich im Zimmer um, alles gediegen norddeutsch, die beiden blauen gekachelten Wände mit Fischereimotiven, die alte Lampe, die sicher einmal von Petroleum auf Elektrik umgebaut wurde, die bestickten Kissen auf dem Sofa und den Stühlen und die Platzdeckchen in blau und weiß.

Der Tee kam, echter Ostfriesentee, wie die Hausfrau stolz bemerkte mit Sahne und Klöntjes, wie sich das gehört, schmeckte hervorragend. Er gönnte sich den

Augenblick Ruhe, Frau Gräfe erzählte ihm, wie sie an ihre zweifelhaften Untermieter gekommen sei. Vergaß aber nicht zu erwähnen, der große Kerl sei aber doch einer mit einem guten Kern. Rainer genoss seinen Tee und das Zimmer.

Ob sie gewusst habe, was hier getrieben wird fragte er. Nein, das habe sie nicht, sie hätte noch nicht einmal in die Nähe der Scheune gedurft, da hätte man sie schon hart angefasst. Ein Lächeln schwang bei diesen Worten mit, wohl eine angenehme Erinnerung.

Rainer dankte ihr und bat sie, die Ausländerin zu ihm zu schicken. Die kam auch kurz danach und stellte sich als Hagal Yasu vor. Einen festen Wohnsitz konnte sie nicht angeben, der del Pietro hatte sie von einem Platz zu anderen mitgeschleppt.

Die Verständigung war schwierig und musste auf Englisch erfolgen. Sie brach in Tränen aus, so hatte sie sich ihr Leben in Europa nicht vorgestellt. Der Kriminalkommissar war müde, kein Wunder, ein Tag auf dem Bau und dann die Aktion hier bei den Schmugglern. Er gab sich Mühe der hübschen jungen Frau die notwendige Aufmerksamkeit zu schenken, vereinbarte dann einen Termin am nächsten Vormittag im Kommissariat. Er wollte sie aus Fedderwardersiel abholen lassen.

Es ging auf Mitternacht zu, die beiden Zollbeamten aus Bremerhaven kamen und machten Inventur in der Scheune. Dabei wurden 17 Drogenpakete je 20 kg entdeckt, sowie die beiden Drohnen mit den Steuertafeln und den Peilsendern. Um welche Drogen es sich handelte musste im Labor festgestellt werden, ein mitgebrachter Drogenspürhund hatte jedenfalls eindeutig reagiert. Die beiden Beamten stellten Rainer eine

Empfangsbescheinigung aus und fuhren mit ihrem Fund zurück nach Bremerhaven.

Er fuhr ins Kommissariat und stellte zu seiner Erleichterung fest, dass Kollege Bernd Schmidt, der noch anwesend war, alles bestens erledigt hatte. Die beiden Gehilfen von Brille waren in Untersuchungshaft, ein richterlicher Haftbefehl lag vor. Weitere Arbeit kam für den nächsten Morgen auf ihn zu. Er musste den Ablauf des vergangenen Tages entwirren, Protokolle erstellen und beglaubigen lassen.

Aber erst einmal Zollinspektor Jost Berendsen anrufen, hatte er den del Pietro geschnappt? Jost war mit Kutter „Seehund" der Wasserschutzpolizei rausgefahren. Sie hatten die Umgebung der ehemaligen Festungsinsel Langlütjen abgesucht, ohne Erfolg. Das Ruderboot lag verlassen am Strand. Eine Suche auf der Insel mit Handscheinwerfer blieb auch in den teilweise zugänglichen Kasematten ohne Erfolg. Sie stöberten ein Pärchen Obdachloser auf, das sich in dem Gemäuer häuslich eingerichtet hatte.

Ein junger Mann mit langem Bart und eine mindestens doppelt so alte Frau lagen eng umschlungen auf ihren Matratzen und blickten ängstlich in den hellen Lichtschein. „Kein Fall für die Polizei, eher für die Sozialfürsorge", dachte Jost. Auf seine Frage antwortete die Frau: „Es geht uns gut, wir brauchen nichts."

Rainer rief Jost Berendsen an und berichtete ihm von dem Drogenfund sowie der raffinierten Methode beim Versand der Pakete mit den Drohnen. Dann dachte er: „Schluss für heute", und machte sich auf den Heimweg.

Am nächsten Morgen fuhr er bei der Zollfahndung vorbei und besuchte Freund Jost Berendsen. Der war noch mitgenommen von der nächtlichen Suchaktion auf der

Weser, die ja ergebnislos verlaufen war. „Augen auf, der del Pietro geistert hier noch irgendwo rum." Rainer berichtete ihm in Eile von den Ereignissen in der Scheune. Jost war sehr zufrieden mit dem Ergebnis des gestrigen Tages und der dabei sichergestellten „Beute". Die Wasserschutzpolizei wollte bei Tageslicht die Suche nach dem Schmuggelhäuptling fortsetzen, er konnte daran nicht teilnehmen, seine Anwesenheit war im Büro gefordert. Rainer verabschiedete sich und beriet sich im Kommissariat mit seinem Chef über die anstehenden Vernehmungen.

Als erste Probandin ließ er Hagal Yasu vom anderen Weserufer holen, um sie zu vernehmen. Kriminalrat Dunker, sein Chef, hatte ihm Hoffnung gemacht, dass er eine Arbeitsstelle für sie finden würde, denn Rainers Bedenken waren, dass sie wieder in die Krallen des Drogenkartells geraten könnte. Davon wollte er nur Gebrauch machen, wenn sich herausstellte, dass sie unbelastet aus der Affäre herauskam. Das musste die Vernehmung zeigen.

Der Polizeibeamte, der sie brachte, war sichtlich angetan von der eleganten jungen Frau, deren sichtbare Hilflosigkeit die Zuneigung des männlichen Geschlechtes herausforderte. Rainer beschloss die Vernehmung in englischer Sprache zu führen, welche sie brauchbar beherrschte. Bei ihm holperte es auch gelegentlich, aber seine Lehrer vom NIG Bederkesa hatten bei ihm doch gute Arbeit geleistet.

Kaffee, nein, einen Tee, ja, sie war nervös und wusste nicht, was auf sie zukam. Seine erste Frage ging nach ihrer Herkunft und Ausbildung. Ihr Weg nach Amsterdam war abenteuerlich und ungewöhnlich. Ein Reeder aus London hatte sie in Äthiopien angeworben für sein Büro. Nachdem ihr das recht ungewöhnlich erschien, hatte sie das Schiff in Amsterdam verlassen und sich als Flüchtling gemeldet. Ein Jahr hatte man sie auf Sprachenschulen geschickt, überall war sie gerne angenommen worden, wozu ihr glänzendes Aussehen sicher beigetragen hatte

Beim Verlassen der Schule hatte sie del Pietros Oberschurke Krake angesprochen und ihr die Vermittlung in eine gut bezahlte Bürostelle versprochen. Das hatte sie in die Hände von Brille getrieben, der sie mitgeschleppt hatte, bis nach Bremerhaven.

Erst auf dem Bauernhof im Butenland hatte sie durchschaut, was für ein schändliches Spiel hier getrieben wurde. Rainer ging zum Kriminalrat und berichtete in Kurzform. Dunker warf seinen dicken Kriminalistenkopf in den Nacken und sagte: „Da Ihr jungen Leute Euch so eifrig bemüht, gehe ich davon aus, es handelt sich um eine recht attraktive Dame. Um die Ablenkung von Euch fernzuhalten, Ihr sollt hier Eure Arbeit machen und nicht um Weibervolk herumschwänzeln, werden wir sie vorerst in der Kantine unterbringen. Dann sehen wir weiter." Rainer bedankte sich, konnte ein Lächeln, ebenso wie sein Chef, nicht verbergen.

Als er Hagal vom Ergebnis seines Gespräches mit dem Chef berichtete, wollte sie ihm um den Hals fallen und so ihre Dankbarkeit zeigen. Rainer wehrte sie freundlich ab, die Mahnung vom Chef war noch frisch. Er las das Protokoll mit ihr und unterzeichnete. Dann brachte er sie zum Küchenchef und berichtete von der Entscheidung des Kriminalrats. Als er sich verabschiedete, saß sie ihm traurig nach, er war eine angenehme Ausnahme unter den Männern, die ihr hier im alten Europa begegnet waren.

19
MAREIKES OPFER

*Fordere viel von dir selbst und
erwarte wenig von den anderen.
So wird dir Ärger erspart bleiben.*
Konfuzius (551-479 v. Chr.)

Rainer Möhler eilte zurück zu seinem Büro, noch war Zeit, die beiden Männer zu vernehmen, bevor der Termin mit Mareike näher rückte. Zuerst war Kalle dran, Karl-Heinz Bracht mit vollem Namen.

Er war mitteilsam, einen Anwalt wollte er nicht, und erzählte Rainer freiweg wie er in die Schmuggelbande geraten war. Das waren für Rainer bekannte Dinge, nur eins war ihm neu. Del Pietro hatte das alte Schmugglernest des Henk Below in Groningen wieder aktiviert und dort sein Hauptquartier aufgeschlagen. Allerdings nur für kurze Zeit, dann hatten die gestrengen Bosse aus dem Süden ihn abgelöst und bestraft wurde er obendrein wegen mangelnder Leistung. Das bedeutete Verlust eines

Fingergliedes, was er vor Kalle geheim halten wollte, der hatte es aber bemerkt.

Rainer machte sich eine Notiz, er würde seinen Kollegen in Groningen telefonisch informieren. Das Telefon klingelte, Rainer wollte den Anruf wegdrücken, aber die Sekretärin aus der Zentrale klopfte und sagte: „Gespräch aus Göteborg", worauf er es annahm.

Das Gespräch wurde in Englisch geführt, nicht alle Europäer sprechen deutsch. „Good Morning Mr. Möhler", begann der Kollege von der dortigen Wasserschutzpolizei, „I have the pleasure to report you a great success. Wir haben den Feeder von Kapitän Leandros auf Ihren Hinweis durchsucht und etwa 100kg Kokain sichergestellt. Der Kapitän ist in Haft, die Besatzung wird ausgetauscht und das Schiff bekommt ein anderes Fahrtgebiet. Damit ist eine Quelle für Drogenlieferung in unsere Stadt blockiert und ich richte Ihnen den Dank meiner vorgesetzten Stelle aus."

Rainer verband das Gespräch weiter mit seinem Chef: „Der soll ruhig wissen, dass wir hier gute Arbeit leisten", dachte er. Jetzt konnte er sich wieder Kalle widmen, aber von ihm hatte er alles Wichtige erfahren. Nebenbei interessierte ihn noch: „Die Frau Graefe hat sich für Sie eingesetzt, bestand da eine engere Bindung?". Kalle der abgebrühte Kerl, dessen Leben sich in der Halbwelt abspielte, war betroffen: „Ja, wir passten gut zueinander, aber das ist jetzt leider vorbei."

Rainer drang nicht weiter in ihn, das war Privatsache. „Sieh an, der hat auch seine schwachen Stellen. Das meinte die Frau Graefe wahrscheinlich, als sie von einem guten Kerl sprach." Das Protokoll wurde verlesen und unterschrieben.

Er sah auf die Uhr, höchste Zeit den Harry Kuhl zur Vernehmung zu holen. Harry kam und Rainer war sich sicher, er war ein harmloser Mitläufer, was allerdings nicht vor einer verdienten Strafe schützte. Das bestätigte sich bei der Vernehmung. Harry bestätigte auch, dass sie sich im Schrägen Eck gesehen hatten, dort würde der Wirt sie als trinkfeste Gäste vermissen. Keine neuen Erkenntnisse, Protokoll, Unterschrift und zurück hinter Gitter.

Als sie nicht kam, wurde er unruhig, erst recht, als Kollege Bernd Schmidt über den Flur zu seinem Wagen rannte. Er meldete sich ab, um am HavenRand nach dem Rechten zu sehen. Die gleiche Absicht hatte offenbar auch Bernd, denn der raste mit Blaulicht an einer verboten Linksabbiegespur in Richtung Hafen.

Auf der 10 Minuten Fahrt telefonierte Rainer noch mit dem Revier Kaiserhafen und bat dringend um Unterstützung durch einen Streifenwagen mit zwei Beamten am Hotel HavenRand. Bernd Schmidt wusste um den Termin 13:00 Uhr für Mareike und hatte, als sie nicht pünktlich erschien, in Panik aus Sorge um sie gehandelt.

Ein weiterer Beschützer, nämlich Claas de Bakker, der ebenfalls ihren Termin auf dem Kommissariat kannte, beobachtete das Hotel von seiner Pension auf der gegenüberliegenden Straßenseite. Als sie am Portal erschien, war er hellwach. Mareike, schick angezogen mit hellem Sommermantel und buntem Seidenschal, ging die wenigen Schritte auf ihren Meriva zu, ein Mann, den Claas kannte, aber im Moment nicht einordnen konnte, erhob sich von einer Bank, schrie ihr etwas zu und würgte sie von hinten am Hals, Mareike wehrte sich.

Claas sprang auf, rannte zur Haustür und sprintete auf die beiden miteinander kämpfenden zu, verlor dabei seine Hausschuhe, rannte auf Socken weiter. Er hörte eine

Polizeisirene. Del Pietro, alias Brille, das war der Angreifer, wurde auf Claas aufmerksam, zog eine Pistole mit kurzem Lauf aus der Jackentasche, legte auf Claas an und schoss.

Mareike schrie entsetzt auf, kämpfte mit Brille um die Pistole. Der schlug ihr ins Gesicht, drückte ein zweites Mal ab, Mareike stürzte zu Boden. Claas war ebenfalls gestürzt, wollte Mareike beistehen, fiel aber wieder zu Boden.

Brille wühlte in Mareikes Manteltaschen wollte die Wagenschlüssel an sich nehmen, aber so weit kam er nicht. Bernd Schmidt sah Mareike mit einer blutenden Wunde auf der Brust auf der Straße liegen. Er sprang Brille mit einem gewaltigen Satz an, schlug ihm die Pistole aus der Hand und landete harte Schläge in seinem Gesicht. Er stürzte zu Boden.

Schmidt war rasend, er packte den vor ihm liegenden an den Haaren und schlug seinen Kopf knallend auf das Straßenpflaster. Rainer Möhler kam aus dem zweiten Polizeifahrzeug angerannt und riss den rasenden Bernd Schmidt von seinem Opfer weg: „Bernd komm zu dir, das ist nicht der Weg." Der stieß Rainer zur Seite beugte sich zu Mareike hinab.

Ein Rettungswagen mit Notarzt traf ein und drängte Bernd zur Seite, Mareike wollte seine Hand nicht loslassen, er musste sie wegziehen mit Tränen in den Augen. Der Notarzt stieg mit ihr in den Rettungswagen und fuhr ab. Bernd konnte gerade noch rufen: „Wo fahrt Ihr hin?", und hörte die Antwort: „St. Joseph Hospital", dann war sie weg. Und ein am Boden zerstörter Kommissar Schmidt stand am Straßenrand neben seinem Dienstwagen.

Brille wurde ebenfalls von einem Rettungswagen abgeholt, wahrscheinlich hatte er eine Gehirnerschütterung. Rainer kümmerte sich um Claas, der war nicht verletzt, der Schock hatte ihn umgeworfen und

Rainer veranlasste auch eine Einweisung ins Krankenhaus für ihn.

Der Alte empfing ihn mit ausnehmend guter Laune, „hat wohl im Lotto gewonnen", dachte Rainer und berichtete von dem Überfall auf Mareike. „Der Täter war der Anführer der hiesigen Schmuggelbande, der del Pietro. Leider hat Mareike Smit dabei eine Schusswunde im Brustbereich erhalten, die im Joseph Hospital behandelt wird." „Besteht Lebensgefahr?" „Das wissen wir noch nicht, ich werde jetzt hinfahren und Auskunft einholen."

„Waren andere Beamte außer Ihnen tätig?", die gute Stimmung es Kriminalrates war wie weggeblasen, „Nur Ärger hat man in diesem Laden", dachte er, unberechtigterweise. Nun musste Rainer mit der Sprache heraus: „Kommissar Schmidt, er hat den Angreifer entwaffnet und niedergeschlagen. Da er eine enge persönliche Bindung an die Frau Smit hat…",

„Wie kann er denn eine enge Bindung zu ihr haben, die ist doch erst seit Kurzem hier?" Rainer erlaubte sich eine etwas unpassende Antwort: „Heute geht das schneller als früher, Herr Kriminalrat", weiter kam er nicht, da kam die passende Antwort: „Geben Sie mir keine vorlauten Belehrungen, wenn ich Sie nicht danach gefragt habe, und schicken Sie den Herrn Schmidt zu mir!"

Er bestellte Bernd Schmidt ins Chefbüro und sagte: „Wenn du da rauskommst, sieh mal bei mir rein." Fünfzehn Minuten später kam er schon, setzte sich auf den Besucherstuhl und berichtete: „Ich bin für die nächsten zwei Wochen beurlaubt. Eine Untersuchungskommission wegen meinem Ausraster, von dem ich ihm berichten musste, will er mir ersparen, kann aber nichts versprechen. Es kommt auf die Zeugenaussagen an."

Rainer dachte: „Der Alte ist ein Fuchs, wieder einmal hat er den richtigen Wag gefunden." Zu seinem Kollegen sagte er: „Eine vernünftige Regelung, auch für dich. Du kannst dich dann auch um Mareike kümmern." Bernd machte ein betroffenes Gesicht: „Wenn sie es überhaupt übersteht, ich fahre jetzt hin."

Rainer antwortete: „Ich fahre mit, du darfst nicht dienstlich aktiv werden." Eine halbe Stunde später standen sie vor dem Stationsarzt, der auf die Frage nach Mareike Smit ein bedenkliches Gesicht machte: „Frau Smit liegt auf Intensivstation. Sie hat eine schwerwiegende Verletzung im Brustbereich mit hohem Blutverlust und einer Wundinfektion. Es besteht noch Lebensgefahr, Besuche sind nicht möglich." Der bangende Kommissar Schmidt zog geknickt wieder ab.

Rainer erfuhr vom Arzt, dass Claas de Bakker noch heute Nachmittag entlassen würde. Rainer sprach mit ihm und verabredete einen Termin im Kommissariat, wegen Aufnahme eines Protokolls für den nächsten Tag. Bei del Pietro war die Entlassung auch für den nächsten Tag geplant, es hatten sich keine schwerwiegenden Folgen des Gerangels bei seiner Festnahme gezeigt.

Ein Termin für die Überführung in sicheres Gewahrsam wurde vereinbart. Der Polizist vor seiner Zimmertür war erleichtert und wollte seine Ablösung entsprechend informieren.

20
RICHTFEST

Sprächen die Menschen nur von Dingen,
von denen sie etwas verstehen,
die Stille wäre unerträglich.

Rainer verschob das Richtfest am Neubau um einen Tag, um anstehende Arbeiten erledigen zu können. Dazu gehörten der Fall Claas de Bakker und der des del Pietro. Mit Claas waren seine Zeugenaussagen schnell protokolliert, Rainer hoffte noch etwas über Mareikes Angehörige zu erfahren, aber da wusste er nicht weiter. Er ließ seine Anschrift zurück und nachdem ihm Rainer versichert hatte, dass alles für Mareike getan würde, verabschiedete er sich via Amsterdam.

Von Groningen rief er noch einmal an und teilte mit, dass Mareike hier zuletzt gemeldet und krankenversichert war. Das war wichtig für das Hospital und entstehende Folgekosten.

Komplizierter wurde das mit dem del Pietro. Der verlangte schon vom Krankenhaus aus einem Anwalt und der Kriminalrat bestimmte Rainers Kollegen Henrich Blum als zuständig für den Fall. Das hatte zwei Gründe, er wusste um das bevorstehende Richtfest und er wollte in diesem schwerwiegenderen Fall persönliche Verstrickungen vermeiden, die in Bezug auf Rainers Freund Bernd Schmidt vorhanden waren.

Als er abends nach Hause kam, fiel es ihm schwer das Tagesgeschehen abzuschütteln. Aber er hatte seine tüchtige Frau, die hatte die Vorbereitungen für den kommenden Tag übernommen, das Richtfest konnte starten und es wurde eine gelungene Veranstaltung.
Gärtner Ahrens hatte den Richtkranz hergestellt, Ruth und Heiner zusammen mit der Oma die bunten Bänder angebracht. Der spannende Moment kam, Zimmermann Holger, mit dem sich Heiner angefreundet hatte, kletterte ins Gebälk und zog den Kranz hoch. Heiner hielt vor Spannung den Atem an, jetzt musste Holger aufpassen, ein falscher Schritt und er lag unten.

Aber Holger war trittsicher und der tüchtige Zimmermann sagte im Auftrag des Poliers seinen Spruch:
„Die Feierstunde hat geschlagen, es ruhe die geübte Hand. Nach harten arbeitsreichen Tagen, grüßt stolz der Richtbaum nun ins Land. Stolz und froh ist jeder heute, der tüchtig mit am Werk gebaut. Es waren wackre Handwerksleute, die fest auf ihre Kunst vertraut. Dem Bauherrn, seiner holden Gattin gelten unsre guten Wünsche, darauf ein Prosit mit einem klaren Schluck. Prosit!" Die Flasche zersplitterte, Wasser war der Inhalt.

Der Schluck den die Handwerker sowie die Gäste dann auf das Wohl des Bauherrn tranken war aber hochprozentiger.

Heiner war enttäuscht, ihn hatte Holger nicht erwähnt. Der kam auf ihn zu, schleppte ihn die Leiter hoch bis zu dem Richtkranz und machte ein Foto, nun war für den Junior die Welt wieder in Ordnung, er strahlte.

Provisorische Tische und Bänke hatten die Handwerker aufgestellt und Ruth bat zu Tisch. Es gab eine schmackhafte Erbsensuppe mit Würstchen. Bauherr Rainer hatte vom Bierverlag ein 30 Liter Fass gekauft und eine Zapfanlage ausgeliehen.

Zimmermann Holger übernahm das Einschenken, er hatte Übung, schließlich hatte er ebenso wie die Kollegen meistens jeden Monat ein Richtfest. Er flüsterte Ruth ins Ohr, die er in fortgeschrittener Stunde in den Arm nahm:

„Wir gehen erst, wenn das Fass leer ist, schöne Hausfrau", Ruth lachte, sie war ebenfalls in Hochstimmung. Sie stellte sich schon vor wie gemütlich sie das neue Heim einrichten würde. Der tüchtige Zimmermann hatte noch eine Nachricht für sie: „Sobald Ihr eingezogen seid, bring ich dir einen Blumenstrauß." Nun war es genug, Ruth setzte sich zu einem Kollegen auf der anderen Seite.

Rainers Kollege Bernd Schmidt kam und gratulierte: „Wollte sehen, wie es dir geht unter den rauen Gesellen und dich gegebenenfalls nach Hause fahren." Das hielt Rainer für eine gute Idee, der Tag brachte es einfach mit sich, dass er mit der Mannschaft auch Schnäpse trinken musste. „Es läuft ganz gut, alle sind zufrieden, das Essen hat geschmeckt und die Getränke sind noch nicht alle." Eine vordringliche Frage hatte der noch: „Warst du im Joseph?"

Bernd ließ den Kopf hängen: „Ja, war ich, es sieht nicht gut aus. Sie liegt noch auf Intensiv, die Ärzte kämpfen um ihr Leben." Rainer nahm ihn tröstend in den Arm: „Nicht den Mut verlieren, noch ist Hoffnung."

Dann war das Fass leer, eine respektable Leistung. Ruth, Bernd, Rainer, unsicher schwankend, räumten auf und Bernd fuhr Heiner und Vater nach Hause. Die Frauen hatten noch länger zu tun, dann folgte Ruth mit ihrer Mutter. Sie trafen Rainer zu Hause bereits in tiefem Schlaf an, das war in Ordnung, für den nächsten Tag hatte er freigenommen.

Heiner stand enttäuscht vor dem schlafenden Vater, er hätte noch so viel mit ihm besprechen wollen. Heute hatte er viele Dinge gesehen, die er noch nicht kannte und dann wollte er ihm auch mitteilen, dass er beschlossen hatte den Beruf eines Zimmermanns zu erlernen. Am nächsten Morgen musste er zur Schule, danach war er bei Oma angemeldet, weil die Eltern auf der Baustelle sein würden, aufräumen, putzen, die nächsten Schritte für die Fertigstellung und den Umzug organisieren.

Der Ortsbürgermeister kam, brachte einen kleinen Blumenstrauß für die Hausfrau und wollte natürlich seine Person und die von ihm vertretene Partei ins Gespräch bringen. Er gab Rainer aber auch einige nützliche Ratschläge bezüglich Geschäfte und Handwerksbetriebe am Ort.

Ruth erfuhr, einen Bäcker, einen Schlachter und Kaufmannsladen gab es am Ort und das war viel wert für die Hausfrau. Heiner konnte die Grundschule in Spaden besuchen, der Schulweg war zu Fuß möglich, er brauchte nicht mit dem Auto hingebracht zu werden. Er musste allerdings die Schule in Bremerhaven verlassen und nach Spaden wechseln.

Nachbarn hatten sie vorerst nur zwei, weitere Bauvorhaben waren aber erkennbar. Aus der näheren und ferneren Nachbarschaft kamen aber schon Besucher, die aus wohlmeinender Neugier ansehen wollten, was junge Leute heutzutage unter einem Eigenheim verstanden.

Die Wohnung war bis auf einen Tapeziertisch, einen Sägebock und sonstiges Handwerkszeug leer. Ruth hängte sich Rainer an den Hals und flüsterte: „Ich bin so glücklich, dass wir hier einziehen können und, dass ich dich habe." „Ganz meinerseits", dachte er und strich ihr zärtlich, gierig über ihre wunderschöne weibliche Figur.

21
DUNKLE WOLKEN

Was der Mensch wirklich will,
ist letzten Endes nicht das Glücklichsein,
sondern einen Grund zum Glücklichsein.
Viktor Frankl (1905-1997)

Die schlechte Nachricht ereilte ihn gleich, als er morgens das Büro betrat: Mareike war in der Nacht verstorben, alle Mühen der Ärzte und der Schwestern waren vergebens. Den Blutverlust, die Schusswunde und die schwerwiegenden inneren Verletzungen konnte auch ihre Jugend nicht gutmachen.

Das ganze Ärzte-Team, die Schwestern waren traurig und tief betroffen. Rainer eilte sofort zu Bernd Schmidt, der war schon im Krankenhaus. Rainer hielt es für angebracht ebenfalls hinzufahren, er wollte dem Freund nahe sein in der Stunde eines schweren Verlusts.

Er kam gerade zurecht, del Pietro wurde von zwei Polizeibeamten abgeholt zu einem sicheren Gewahrsam. Hasserfüllte Blicke begleiteten den grinsend über den Flur gehenden Verbrecher. Ein Pfleger, der auch für Mareike gesorgt hatte, schüttelte drohend die Faust gegen den mit Handschellen Gefesselten. Ein anderer rief: „Sei froh, dass du in den Knast kommst du Mörder, sonst würden wir dich prügeln."

Rainer erreichte gerade noch Bernd Schmidt und hielt ihn zurück. Er war kreidebleich und zitterte vor Erregung. Rainer erging es ähnlich. Er konnte sich vorstellen, wie es in ihm aussah, wie viel belastender so eine Situation ist, wenn man allein ist und lud ihn für den Abend zu sich nach Hause ein.

Bernd bedankte sich, ohne große Begeisterung: „Danke, ich komme nicht. Habe aber einen Gegenvorschlag, komme du zu mir. Ich mag mein Leid nicht vor deiner Frau ausbreiten." Rainer verstand und stimmte zu.

In Groningen im nach außen honorigen ehemaligen Unternehmen des Henk Below herrschte angespannte Stimmung. Hassan Markul, der neue allgewaltige Chef, hatte ganz üble Laune und ließ diese nur zu gerne am Personal aus. Seine beiden Gorillas waren davon nicht ausgenommen. Die hatte er in sein Chefbüro bestellt, um eine Sonderaufgabe zu besprechen.

„Oh je", sagte Willem zu Jasul, als sie die Treppe zum Chefbüro hochstiegen, „jetzt gibt's was auf die Nüsse." Er überlegte, wo Kritik an ihrem Handeln denkbar wäre, ihm fiel nichts ein.

Der Schwarze, wie sie den Chef insgeheim nannten, empfing sie mürrisch und deutete auf zwei Sitzplätze, was bei ihm schon eine Auszeichnung war, normalerweise musste man seine Wünsche stehend entgegennehmen.

„Hört mir gut zu, Ihr Tränen, es gibt Arbeit, und zwar in Bremerhaven." Für Jasul eine gute Nachricht, er freute sich. Wahrscheinlich hatte er eine Freundin in der Seestadt. „Dort hat die Kripo einen geschnappt", fuhr der Schwarze fort, „der mir viel Ärger gemacht hat. Den sollt Ihr breit machen!"

Die beiden Gorillas wussten Bescheid, das bedeutete, keine schnelle Hinrichtung, sondern dem Chef ein „Andenken" mitbringen. Es folgten nähere Anweisungen, Informationen über die Örtlichkeit und den zeitlichen Ablauf.

Willem staunte, der Schwarze hatte genaue Kenntnisse über die Abläufe, einschließlich Internas aus dem Bereich der Polizei. Da musste ein funktionierender Informationsdienst aus vergangenen Tagen noch bestehen. Große Einwände waren nicht möglich, sie mussten sofort losfahren, die Angelegenheit eilte.

Die beiden Polizeibeamten brachten Brille auf den Hof vor das Krankenhaus, der Wagen für den Transport des Mörders stand bereit. Ein fremdes Fahrzeug fuhr auf den Hof, der Beifahrer stieg aus und warf eine Flasche mit einer brennenden Lunte unter das Polizeifahrzeug, welches sofort in Flammen eingehüllte war. Die Polizisten versuchten zu löschen, ohne großen Erfolg.

In dem entstehenden Durcheinander sprang der Fahrer des fremden Fahrzeugs auf Brille zu, riss ihn um und schleifte ihn auf den Rücksitz seines Wagens. Der zweite Insasse sprang auf den Beifahrersitz und der Wagen verschwand mit quietschenden Reifen. Einer der Polizeibeamten hatte seine Pistole gezogen, durch den belebten Platz war der Einsatz einer Schusswaffe jedoch nicht möglich.

Rainer war noch im Krankenhaus, als er Rufe hörte, die einen Brand meldeten. Mit bösen Ahnungen rannte er zum Ausgang und sah das brennende Auto. Einer der Polizeibeamten schilderte ihm kurz die Situation Er sprang mit diesem Beamten in seinen Wagen und machte sich auf die Verfolgung.

Er wandte sich zunächst nach Süden, da er Fluchtrichtung Autobahn vermutete. Passanten bedeuteten ihm durch Handzeichen, der ist nach Norden gefahren. Er folgte ein Stück der Autobahn und dann auf gut Glück der Landstraße, in Richtung auf ein ausgedehntes Waldstück, mehr konnte er nicht tun.

Er fragte sich im nächsten Dorf zum Ortsbürgermeister durch, der ihm aber keine nähere Auskunft geben konnte. „Ein Versteck würde sich höchstens in den verlassenen Baracken anbieten, die gelegentlich noch forstwirtschaftlich genutzt werden." Rainer fuhr zu dem angegebenen Waldstück. Zwei Baracken standen da, an denen der Zahn der Zeit genagt hatte.

Sie gingen um die Holzbauten. Die Fenster waren mit Drahtverschlägen gesichert, reinsehen konnte man nicht, hier hatte seit Jahren keine tüchtige Hausfrau Fenster geputzt. „Hier, Herr Kommissar", rief der Polizeibeamte. Er hatte auf der anderen Barackenseite eine aufgebrochene Tür entdeckt.

Rainer kam mit seiner Taschenlampe, vorsichtig öffneten sie die doppelflügelige Tür. Drinnen nur Dunkelheit und schwirrende Fledermäuse, die sich gestört fühlten. Sie gingen einige Schritte voraus, um die Augen an die Dunkelheit zu gewöhnen.

Dann konnten sie einen auf dem Boden liegenden menschlichen Körper entdecken. Er lag auf dem Gesicht, die Hände mit Handschellen auf dem Rücken gefesselt und war grausam verstümmelt. Beide Daumen fehlten, da waren nur blutige Stummel, die Ohren fehlten und die Nase war abgeschnitten. Der Mensch war tot, die Todesursache mussten die Pathologen ermitteln. Und es handelte sich um den del Pietro, kein Zweifel möglich.

Kommissar Möhler blieb an dem Leichnam stehen und dachte: „Wie schlecht und vergänglich ist doch die Welt. Nur nicht sentimental werden", ermahnte er sich gleich darauf. Zu dem Polizeibeamten sagte er: „Da hat sich einer falsche Hoffnung gemacht. Er dachte er wird befreit, dabei haben seine Kumpane sich auf Ganovenart an ihm gerächt und müssen ihrem Anführer Beweisstücke ihres Tuns mitbringen."

Er betrachtete die linke Hand des Toten: „Ein Glied von der linken Hand fehlt ihm am kleinen Finger, er muss schon einmal negativ aufgefallen sein. Man kann aus diesen Taten auch ableiten, dass der Boss in deren Zentrale ein brutaler, eiskalter Ganove ist."

Der Polizeibeamte fragte: „Ist das die übliche Strafe, einen Finger abschneiden?" Rainer erklärte: „Bei kleineren Verfehlungen wird vom kleinen Finger der linken Hand das erste Glied meistens mit einer Zange abgekniffen. Größere Fehler können dann so enden." Er deutete auf das vor ihnen liegende Opfer.

Rainer rief die Mordkommission und beschrieb den Ort. Der Ortsbürgermeister kam. Er wunderte sich wie die beiden Ganoven ihr grausiges Werk so schnell verrichten konnten. Die beiden Polizisten waren doch maximal eine halbe Stunde später gekommen, nach ihrer Aussage.

Er bot seine Hilfe an, Rainer hatte aber bereits alles Notwendige veranlasst. „Es wäre gut, wenn Sie den Platz mit den beiden Baracken absperren könnten, damit die Kollegen von der Mordkommission störungsfrei arbeiten können." Das wollte der hilfsbereite Mann zusammen mit der Forstverwaltung schnellstens veranlassen.

Er lud sie zu einer Tasse Kaffee im nahen Haus ein, Rainer Möhler und der ihn begleitende Polizeimeister sahen keinen Grund das abzulehnen, mussten aber die Ankunft der Kollegen noch abwarten. „Viertes Haus rechts, bitte."

Dort trafen sie sich eine halbe Stunde später und wurden in dem gemütlichen Eigenheim des Ortsbürgermeisters von der freundlichen Hausfrau mit Kaffee und Gebäck bewirtet. Der Hausherr erzählte, sie seien hier auf dem Lande in der glücklichen Lage, dass sie auch mal vergessen könnten, Haustür und Keller abzuschließen, ohne Diebstahl befürchten zu müssen.

Ausnahmen bestätigten die Regel, schob er hinterher. Die beiden Polizeibeamten genossen die entspannende Ruhepause und machten sich mit Dank auf die Rückfahrt zu ihrer Dienststelle.

22
UNERWARTETE EHRUNG

Für die Welt bist du irgendjemand,
aber für irgendjemand bist du die Welt.
Erich Fried (1921-1988)

Rainer ging zum Alten, einer Benennung, die sich für seinen Vorgesetzten eingebürgert hatte und keineswegs negativ gemeint war. Ebenso, wie man in allen Betrieben über den Chef spricht. Wenn zum Beispiel ein Fall anstand, der körperlichen Einsatz erforderte, sagten die jüngeren Kripoleute: „Da schicken wir den Alten hin, der muss abspecken. Seine Alte wird uns dankbar sein. Wir schicken zu ihrer Unterhaltung so lange den Möhler zu ihr."

Rainer wusste um diese Späße, er empfand sie als normal. Der Dienstälteste der Polizeibeamten, die den del Pietro abholen sollten, war beim Kriminalrat und erstattete ausführlich Bericht. Man hatte von hier die Verfolgung der beiden Verbrecher organisiert, bisher ohne Erfolg.

Rainer war an der Reihe und berichtete über den aufgefundenen Leichnam und seinen grausamen Zustand. „Das Ganze riecht nach dem Drogenkartell in Groningen, mit dem wir ja schon unsere Erfahrungen gemacht haben. Herr Möhler nehmen Sie Kontakt auf mit der dortigen kriminalpolizeilichen Zentrale. Es wäre wünschenswert, wenn man das Drogennest dort ausmerzen könnte. Ich glaube telefonieren bringt es nicht, der Fall ist zu komplex, melden Sie sich an und fahren Sie hin." Möhler machte erst Mal Feierabend, seinen Auftrag für den nächsten Tag hatte er ja schon weg.

Am nächsten Tag erfuhr er von dem inhaftierten Karl-Heinz Bracht, alias Kalle, den Namen des jetzigen Drogenbosses in Groningen: Hassan Markul. Diesen Namen hatte Brille erwähnt. Er erzählte ihm von Brilles „Hinrichtung", was er schweigend, doch tief betroffen vernahm.

Möhler wählte die Nummer in Groningen und wurde entsprechend seine Anliegen mit Hauptkommissar Jan Verhuigen verbunden. Der verwickelte ihn zuerst in ein Gespräch über Bremerhaven, er kannte die Seestadt, auch das Rotlichtviertel, wie Rainer erfuhr. Kein Wunder bei einem jungen Mann.

Rainer erzählte ihm von dem entdeckten Drogenschmuggel in Bremerhaven und verwies auf die Zentrale in Groningen und den dringenden Vorschlag seines Kriminalrats dieses Nest auszuräumen. Er war sofort einverstanden mit dem Besuch Rainers in

Groningen. Rainer schlug vor, sofort loszufahren und Verhuigen war einverstanden.

Er informierte den Chef, schwang sich in seinen Dienstwagen, einen 320er BMW und 3 Stunden später saß er Verhuigen gegenüber. Er berichtete ihm und zwei weiteren Kriminalbeamten detailliert von der raffinierten Methode, die angewendet wurde, um Kontrollen der Drogenpakete zu umgehen und dem weiteren Geschehen in Bremerhaven. Der Name del Pietro war den Beamten nicht bekannt, was ihn wunderte.

Ebenso wenig der des neuen Bosses Hassan Markul. Verhuigen holte sich das Einverständnis seines Vorgesetzten für einen Einsatz gegen das Drogenkartell. Die Beamten planten den Einsatz für den nächsten Morgen um 06:00 Uhr. „Muss ich dann hierbleiben?" fragte Rainer. Nein, musste er nicht die holländischen Kollegen hatten alle nötigen Informationen. Man wollte auch jede Komplikation vermeiden, die durch den Einsatz ausländischer Kräfte entstehen könnte.

Rainer wünschte gutes Gelingen, Jan ließ ihn jedoch nicht ziehen ohne einen Imbiss am späten Nachmittag, den eine Mitarbeiterin bei einem Indonesier Lokal holte und im Büro verzehrt wurde. Es gab Garnelensalat mit Ananas und gebuttertem Weißbrot, dazu einen Kaffee und einen jungen Genever. „Schmeckt richtig gut, ich komme wieder", war Rainers Kommentar. Er hatte einen Freund in Groningen gewonnen.

Die Heimfahrt verlief dann so richtig gemütlich, er kam gerade richtig zu Heiners Bettgehzeit. Der bedrängt ihn: „Papa, erzähle, wo warst du?" „Ich war im Zauberland

Puterrot, da wo die Gänse den Schnabel nach hinten haben und die Menschen mit den Füßen Klavier spielen." Der Kleine hörte erstaunt zu, dann boxte er Papa vor die Brust: „Jetzt schwindelst du wieder, sag die Wahrheit."

Rainer gab seinem Drängen nach erzählte von seiner Fahrt nach Groningen und, dass dort eine große Jagd auf Drogenschmuggler stattfand. Das klang glaubwürdig und Ruth konnte ihn ins Bett bugsieren.

Die Eltern unterhielten sich noch lange über das dramatische Geschehen der letzten Tage. Ruth war von Mareikes Tod tief betroffen. Heiner wollten sie vorerst nichts davon sagen, er hatte Mareike in der kurzen Zeit ihres Besuchs bei ihnen sehr liebgewonnen.

Der Kriminalrat Dunker hatte Mareikes Überführung in ihren Heimatort Alkmaar veranlasst, dort wohnte ihre einzige Verwandte, eine kinderlose Tante. Dabei hatte Claas de Bakker tüchtig mitgeholfen, der auch die Kosten für ein würdiges Begräbnis und die Grabstelle übernehmen wollte.

Rainer Möhler war erleichtert und wandte sich seinem nächsten Problemfall zu, Hagal Yasu. Sie war inzwischen in Bremerhaven gemeldet und hatte die Arbeitsstelle in der Stadtküche, eine Zweizimmerwohnung in der Hafenstraße. Das waren gute Voraussetzungen für einen dauerhaften Aufenthalt. Rainer fragte sie nach ihren Plänen und sie zeigte sich mit Mut, die Herausforderung Bremerhaven zu bestehen. Sie war eingeschrieben bei einem Deutschkursus bei der Volkshochschule

Rainer war zufrieden, der Alte ließ ihn rufen." Was will der schon wieder?", dachte er. Aber das war ausnahmsweise ein angenehmer Grund. „Herr Möhler die Holländer haben heute in der Frühe das angebliche Import-Export Geschäft umstellt und einen Lagerraum mit Drogenpaketen sichergestellt. Die anwesenden Beschäftigten des Ladens wurden festgenommen."

„Und der Drogenboss Hassan Markul?", fragte Rainer. „Der kam etwas später und ist den Polizeibeamten direkt in die Finger gelaufen. Er hat ein Riesengeschrei gemacht, mit Anwälten gedroht, aber er ist unter Verschluss" „Das ist eine gute Nachricht, Herr Kriminalrat, damit dürften wir hier auch zur Ruhe kommen."

„Es kommt noch besser, lieber Herr Möhler, mein Kollege Herr Ropers in Groningen möchte Ihnen ein Anerkennungsschreiben überreichen und das Hauptzollamt wird Ihnen einen Betrag für den Hinweis auf die Schmuggelware überreichen. Er bittet Sie deswegen noch einmal nach Groningen zu kommen und schlägt den kommenden Donnerstag um 11:00 in seinem Büro vor. Die Anschrift habe ich hier. Meinen Segen haben Sie, fahren Sie hin."

„Da fahr ich hin", dachte er, „Ruth wird nicht begeistert sein, der Bau und der bevorstehende Umzug fordern sie."

An dem Donnerstag zog er seinen blauen Anzug mit Krawatte an und fuhr um 7:00 Uhr ab. Ruth und Rainer freuten sich für ihn und winkten zum Abschied. In Groningen am Parkplatz wartete Jan Verhuigen auf ihn: „Ich bin heute zu deinem Copiloten bestimmt worden."

Er führte ihn in ein Empfangszimmer, Kaffeegedecke standen bereit und die holländische Flagge, es war aber noch niemand da. Dann wurde es lebendig, ein würdiger beleibter etwa 60-jähriger Herr erschien und stellte sich als Kriminalrat Ropers vor, das war Jans Chef. Gleich darauf erschien ein noch jugendlich wirkender Mann, der Rainer als Staatsrat Kuiper vorgestellt wurde.

„Das ist der junge Mann, von dem ich den Zaster bekommen soll", dachte Rainer respektlos, ja, das war der Herr von der Finanzbehörde: „Ich baue, Herr Staatsrat, kann ich gut gebrauchen." Das dachte er natürlich nur, sagen durfte er das nicht, musste ja einen guten Eindruck für die Bremerhavener Polizei hinterlassen.

Vier weitere Polizeibeamte erschienen, die an der Aktion gegen die Drogenbande beteiligt waren. Der Kriminalrat hielt eine Ansprache und erklärte die Bedeutung der Maßnahme für die gesamte Region und darüber hinaus. Auf Deutsch ergänzte er die Bedeutung der unerwarteten Hilfe aus Norddeutschland und überreichte Rainer und den anwesenden Polizeibeamten Anerkennungsschreiben für ihren Einsatz.

Rainer bekam Gelegenheit seine Meinung zu äußern. „Sie dürfen sich gerne in Ihrer Landessprache äußern, das verstehen hier alle", sagte Kriminalrat Ropers. Rainer begann seine Dankesrede in aller Bescheidenheit: „Ich möchte auf die Verdienste an dieser geglückten Maßnahme von Herrn Verhuigen und seiner Mannschaft hinweisen. Ich war gar nicht hier und möchte jetzt nicht im Mittelpunkt dieser Ehrung stehen."

„Diese Bescheidenheit, meine Herren soll Ihnen Beispiel sein", sagte der Kriminalrat an seine Beamten gewandt, „meine Beamten, Herr Möhler, haben ihren Dienst zuverlässig erledigt. Das ist Anerkennung wert, aber muss auch erwartet werden. Ohne Ihre Vorarbeit, hätten wir ahnungslos die Schmuggelbande in unserer unmittelbaren Nähe geduldet. Ein besonderer Erfolg ist, der Anführer der Bande wurde auch gefasst. Nach unseren Ermittlungen gehört er zur obersten Riege des Kartells."

Der Herr Staatsrat hatte auch etwas zu sagen und ergriff das Wort: „Herr Möhler, ich habe die Ehre Ihnen im Namen des Regierungspräsidenten von Nordholland für den entscheidenden Hinweis auf die Drogenschmuggler hier in Groningen einen Geldbetrag in Höhe von 3000 Gulden zu überreichen. Bei der Aktion wurden Drogen im Wert von etwa 200.000 Gulden sichergestellt und vernichtet. Dafür übermittle ich den ausdrücklichen Dank unserer Regionalregierung."

Händedruck und Scheckübergabe. Rainer war überrascht und verbeugte sich dankend. Noch benommen von den Reden und der ihm widerfahrenen Ehrung verabschiedete er sich von den Herren und besonders herzlich von Jan Verhuigen und seinen Kollegen.

Auf der Heimfahrt schwirrte ihm der Kopf, die Vorgänge wollten erst einmal verarbeitet werden. Wenn er es recht überlegte, war es ein beachtlicher Erfolg, nicht nur die Sektion Bremerhaven der Drogenbande, sondern gleichzeitig die Zentrale des Kartells in Groningen war gründlich ausgeräuchert worden.

Es fiel ihm schwer sich auf seine näher liegenden Themen, Familie, Baufortschritt und Umzug zu konzentrieren. Gratulation auch vom Chef am nächsten Tag und angesichts des bevorstehenden Umzugs wurden 14 Tage Urlaub gewährt, was jubelnd von Ruth und Heiner begrüßt wurde.

-ENDE-

Weitere Titel von Gerhard Pflanz

Aufbruch nach Britannia Eine Geschichte aus dem 5. Jahrhundert nach Chr. über die Bewohner eines Saxendorfes an der Wesermündung. Die Bewohner geraten in große Not durch Naturgewalten und benachbarte Feinde. Sie beschließen, nach Britannia auszuwandern und machen sich auf den gefahrvollen Weg. 194 Seiten ISBN-13: 9783756828609	
Yako - Der Chatte Eine spannende Geschichte über das Leben in einem Germanendorf an der Grenze zum Römerreich im 3. Jahrhundert n. Chr. Im Mittelpunkt steht das Leben des Bauernjungen Yako. 236 Seiten ISBN-13: 9783753464435	

Saltius - Germane in Römischen Diensten Fortsetzung von Yako-der Chatte. Die beginnende Völkerwanderung erschüttert das Leben der Grenzbewohner am Limes. Saltius muss zusammen mit den Chatten die Grenze sichern und gerät in große Gefahren. 164 Seiten ISBN-13: 9783754300756	
Morde und Amouren Kriminalkommissar Hermann muss einen Mordfall in der hessischen Provinz aufklären. Eine Kriminal-/Liebesgeschichte aus den 1920er Jahren. 132 Seiten ISBN-13: 9783755749943	

Die Mörderkate Fortsetzung von Morde & Amouren, ein Kriminalfall aus dem Jahr 1932, auch dieses Mal kommt die Liebe nicht zu kurz. Das waren unruhige Zeiten im Deutschen Reich. In der Parteienlandschaft war Mord und Gewalt an der Tagesordnung. Kommissar Hermann muss mehrfachen politisch motivierten Mord aufklären. 212 Seiten ISBN-13: 9783757821616	
Das Moor, Drogen und der Tod Durch den Fund einer Moorleiche in England wird Drogenschmuggel in Bremerhaven aufgedeckt. Kriminalkommissar Möhler ermittelt in dem komplizierten Fall. 220 Seiten ISBN-13: 9783758388033